The Old Night Owl Coloring and Activity Pages

Hillary A. Hinds

The Old Night Owl Coloring and Activity Pages
Written by Hillary A. Hinds
Copyright© 2020 by Hillary A. Hinds

All Scripture quotations are taken from the Holy Bible, King James Version, which is in the public domain.

ISBN: 978-1-7771012-3-7
Written by Hillary A. Hinds, Books4dNations Learning Innovations.
Cover and book Illustrations by StallionSudio88
Puzzles and Activities by Hillary A Hinds
Publisher: Books4dNations Learning Innovations

To the Nations' Kids

Love

Hillary

About the Book

The Old Night Owl Coloring and Activity Pages goes with the story book The Old Night Owl a book about finding your purpose.

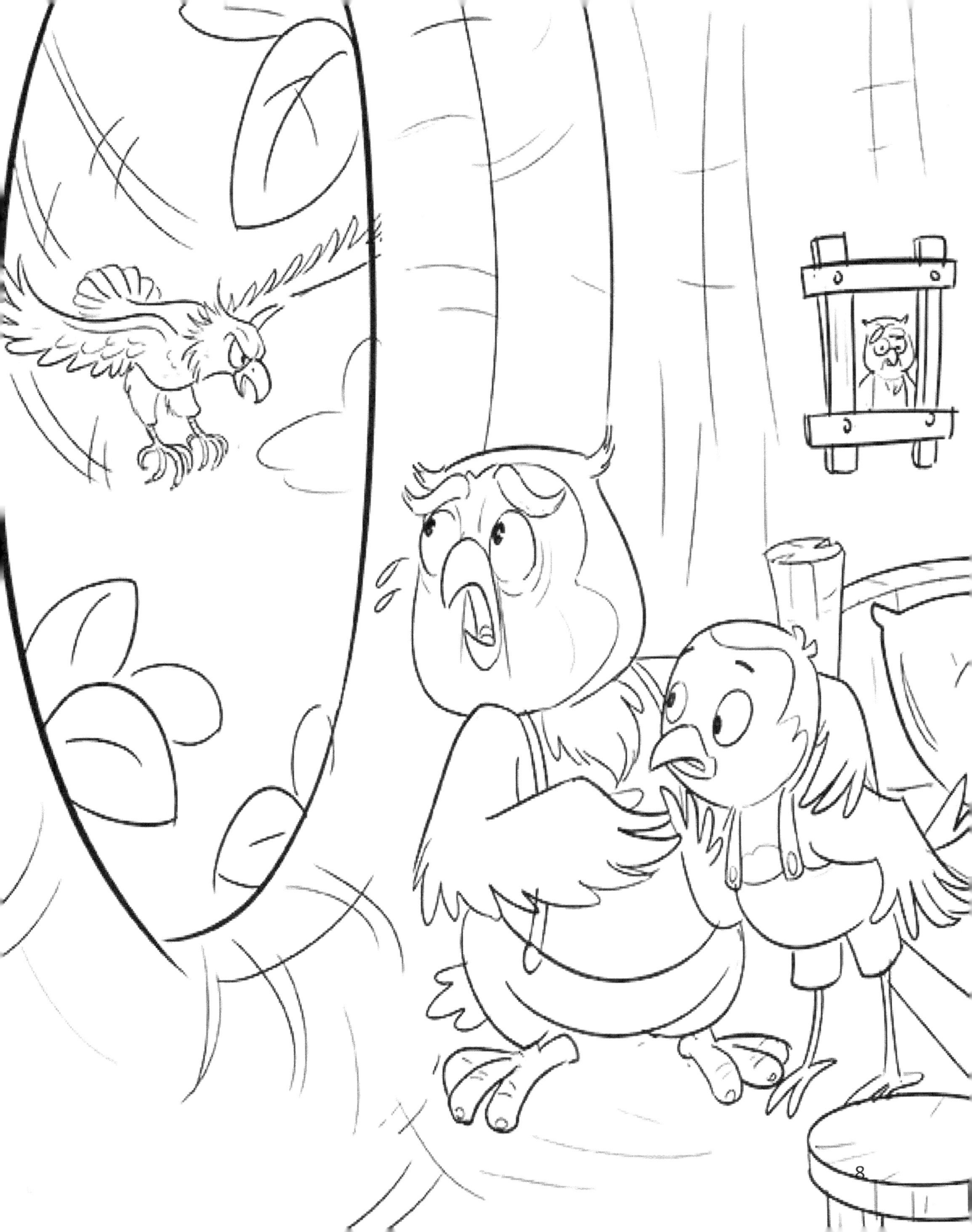

Find the hidden owls

Can you find the robin that is different?

Find the hidden birds

Use the grid to draw a picture of the owl.

Can you help the robin find his nest?

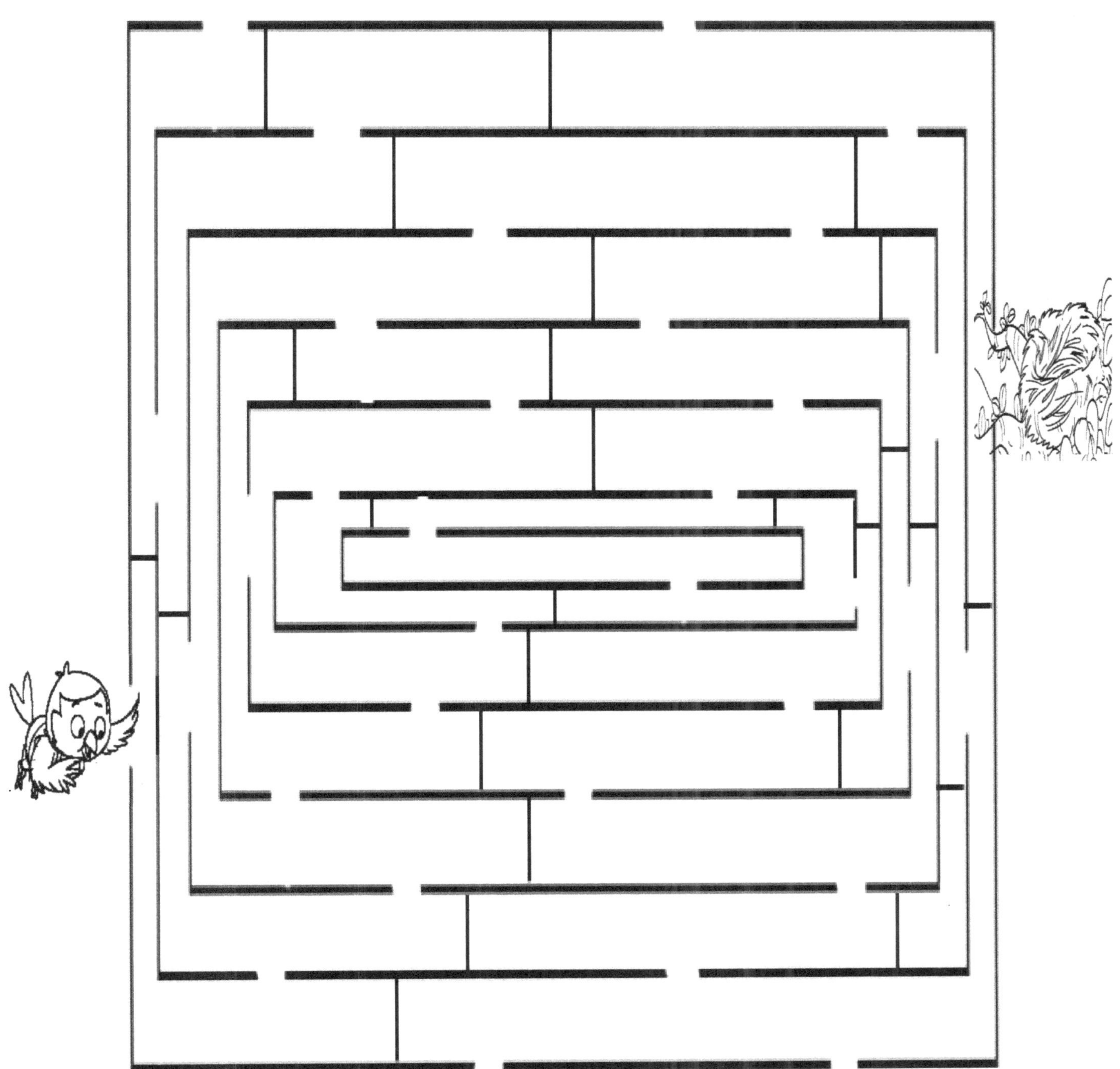

Can you find the hidden words in the puzzle?

J	S	E	A	R	C	H	U	A
F	G	N	I	G	N	I	S	N
R	L	S	M	R	O	W	I	Y
I	I	Y	G	E	A	B	R	J
E	M	U	V	S	O	T	S	S
N	B	A	O	R	O	T	S	E
D	W	N	D	W	S	R	E	V
S	G	E	I	E	L	U	E	A
S	R	N	N	U	S	N	R	E
J	D	R	U	M	S	K	T	L

TREES	SINGING	LEAVES	OWL
WIND	SONGS	LIMB	TRUNK
WORMS	WAVE	DRUMS	SEARCH
FLY	SUN	BUG	RED ROBIN
NEST	FRIENDS	RATS	TRY

Drawing Page

Drawing Page

Drawing Page

Drawing Page

Drawing Page

Drawing Page

Drawing Page

For I know the thoughts I think towards
you said the Lord, thoughts of peace and
not of evil, to give you an expected end.

Jeremiah 29:11 KJV.

About the Author

Hillary A Hinds is the author of several children's books, including *Rabbit Goes to Church*. She has also written *It's My Time* inspirational journal and *KidzStrive the Children's Ministry Workbook for Teachers, Parents, and Children*. She was born in Jamaica and currently resides in Canada.

Hillary is the founder of Books4NAtionsKids of Saskatchewan, which provides faith-based books to kids and different charities worldwide.

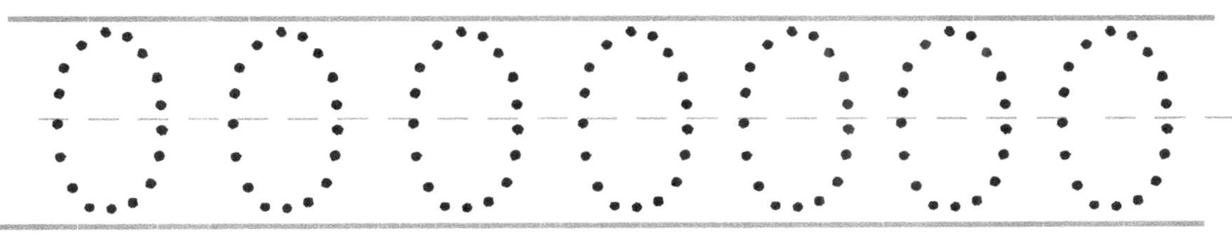

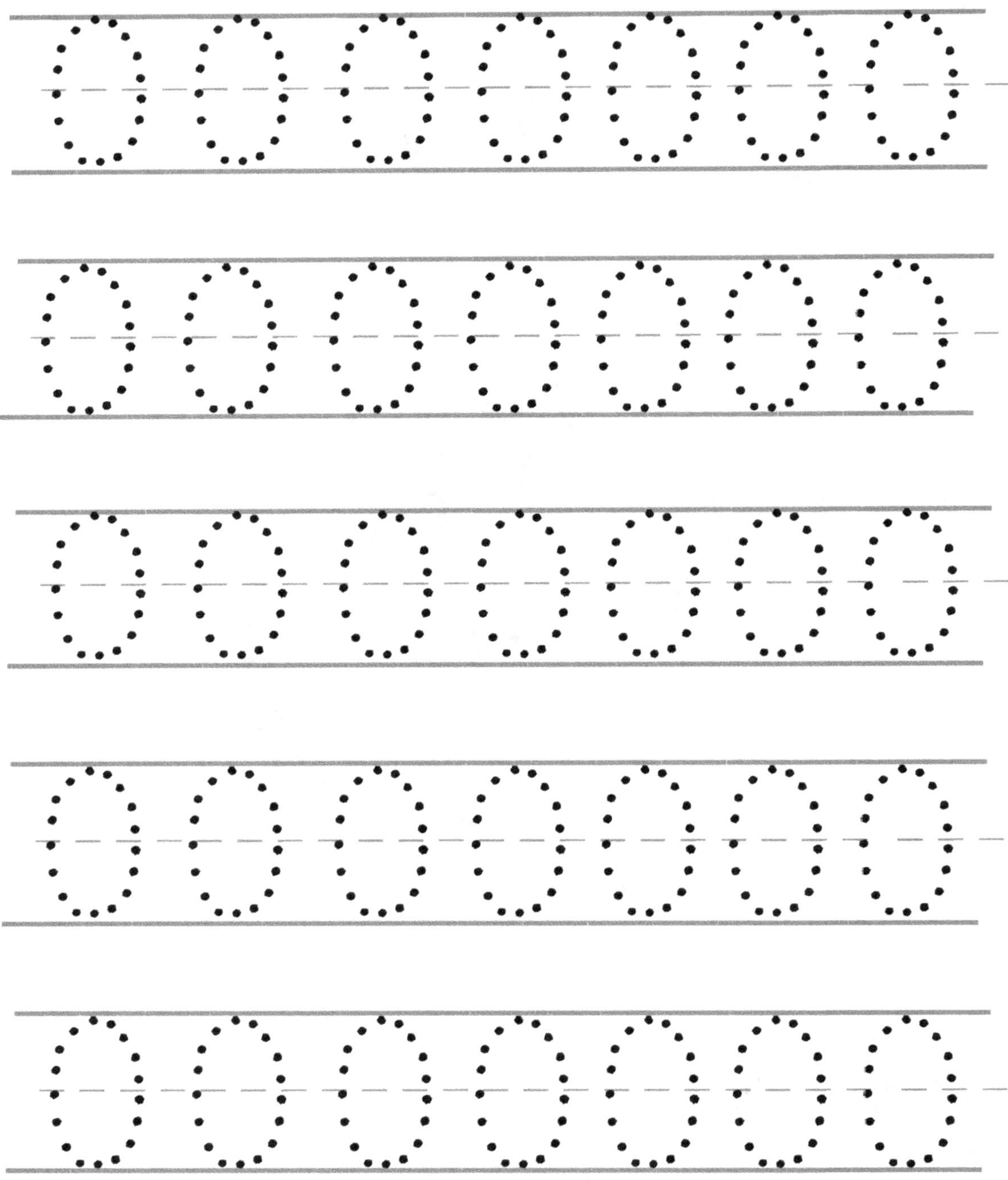

1

ONE

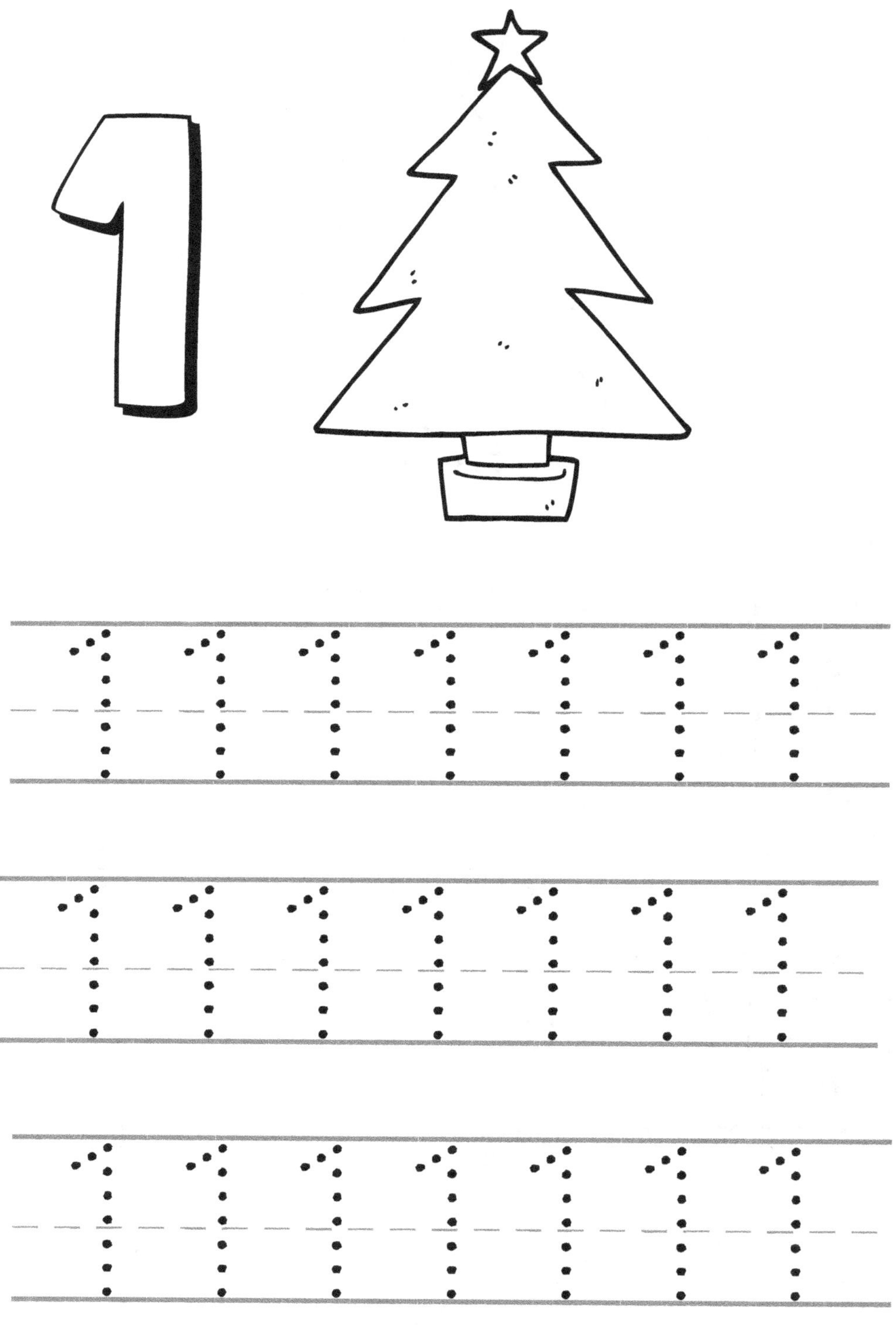

1

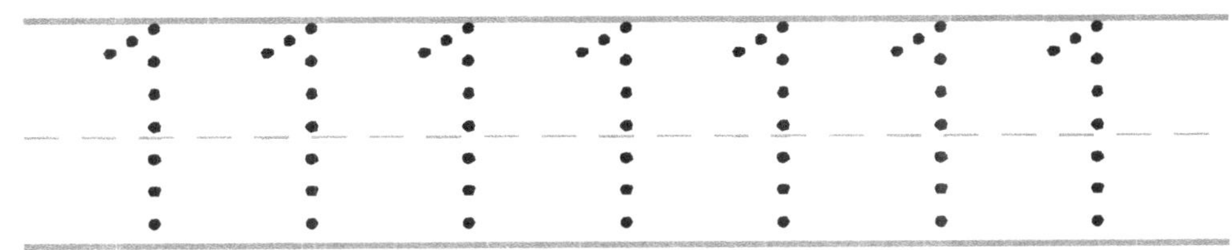

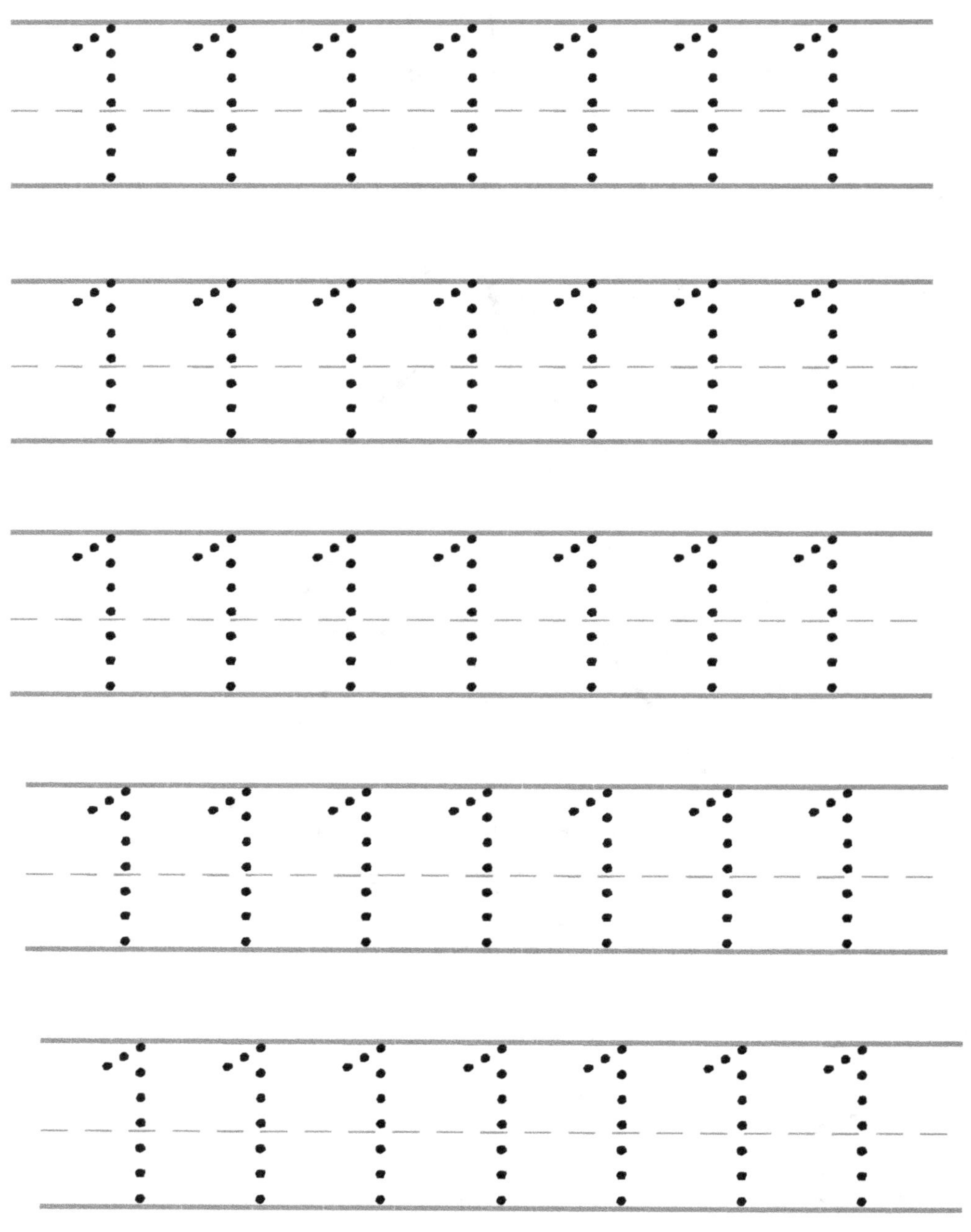

1 1 1 1 1 1 1

1 1 1 1 1 1 1

1 1 1 1 1 1 1

1 1 1 1 1 1 1

1 1 1 1 1 1 1

2

TWO

2

2 2 2 2 2 2 2

2 2 2 2 2 2 2

2 2 2 2 2 2 2

2 2 2 2 2 2 2

2 2 2 2 2 2 2

3

THREE

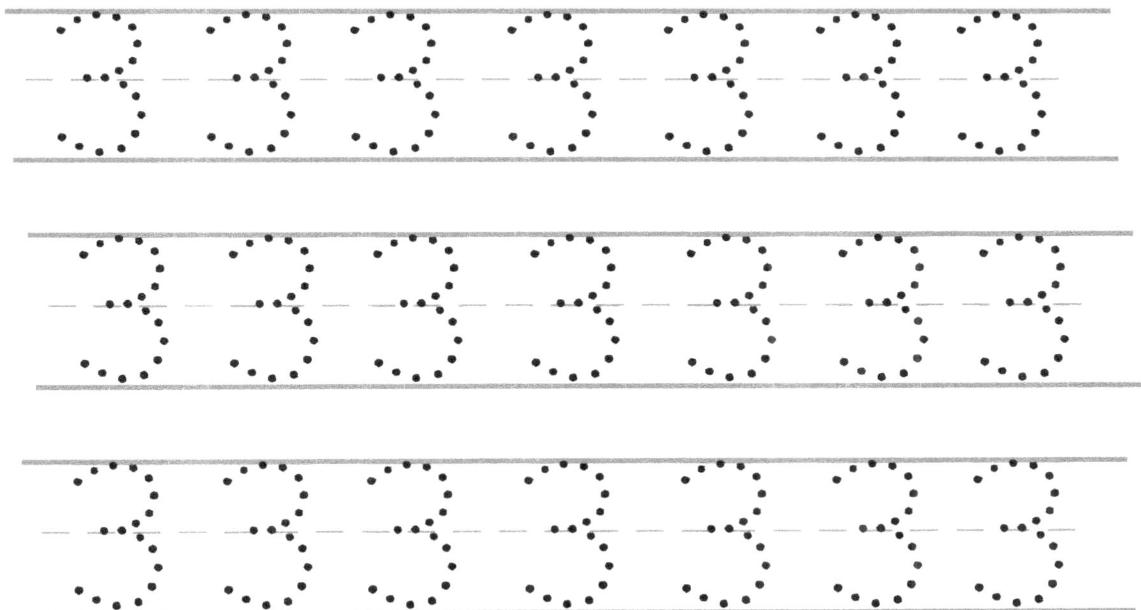

3

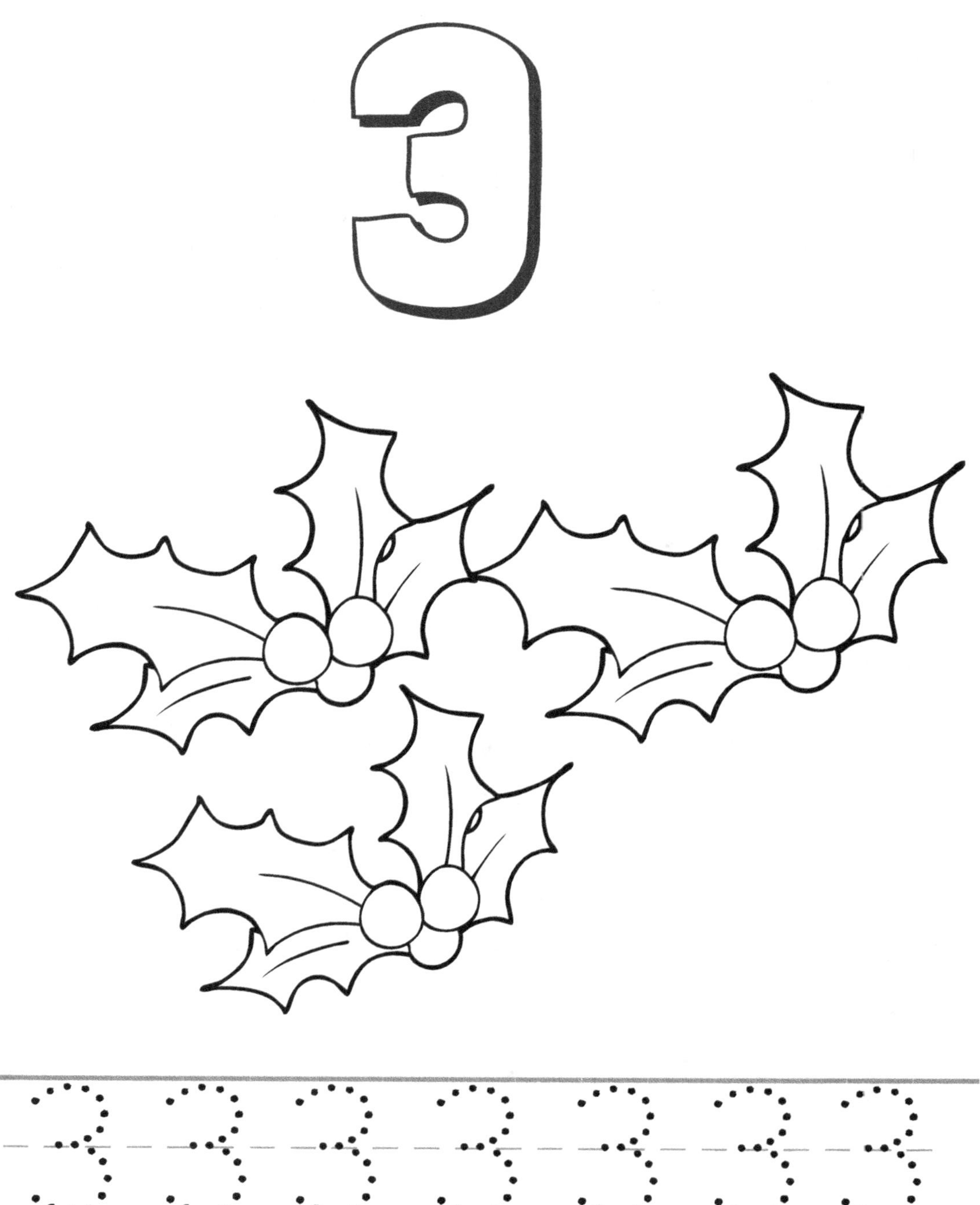

3 3 3 3 3 3 3

3 3 3 3 3 3 3

3 3 3 3 3 3 3

3 3 3 3 3 3 3

3 3 3 3 3 3 3

3 3 3 3 3 3 3

4

FOUR

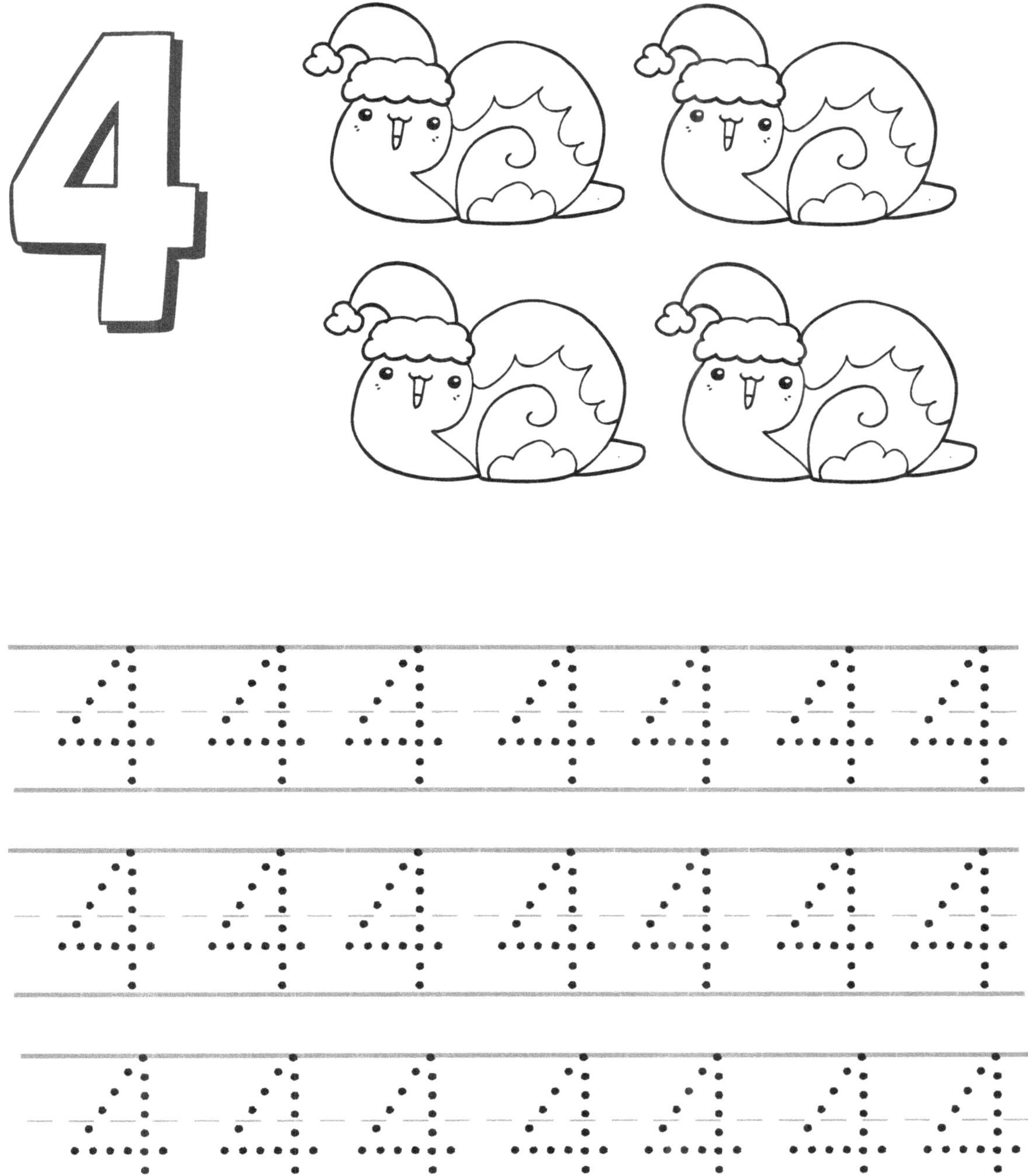

4

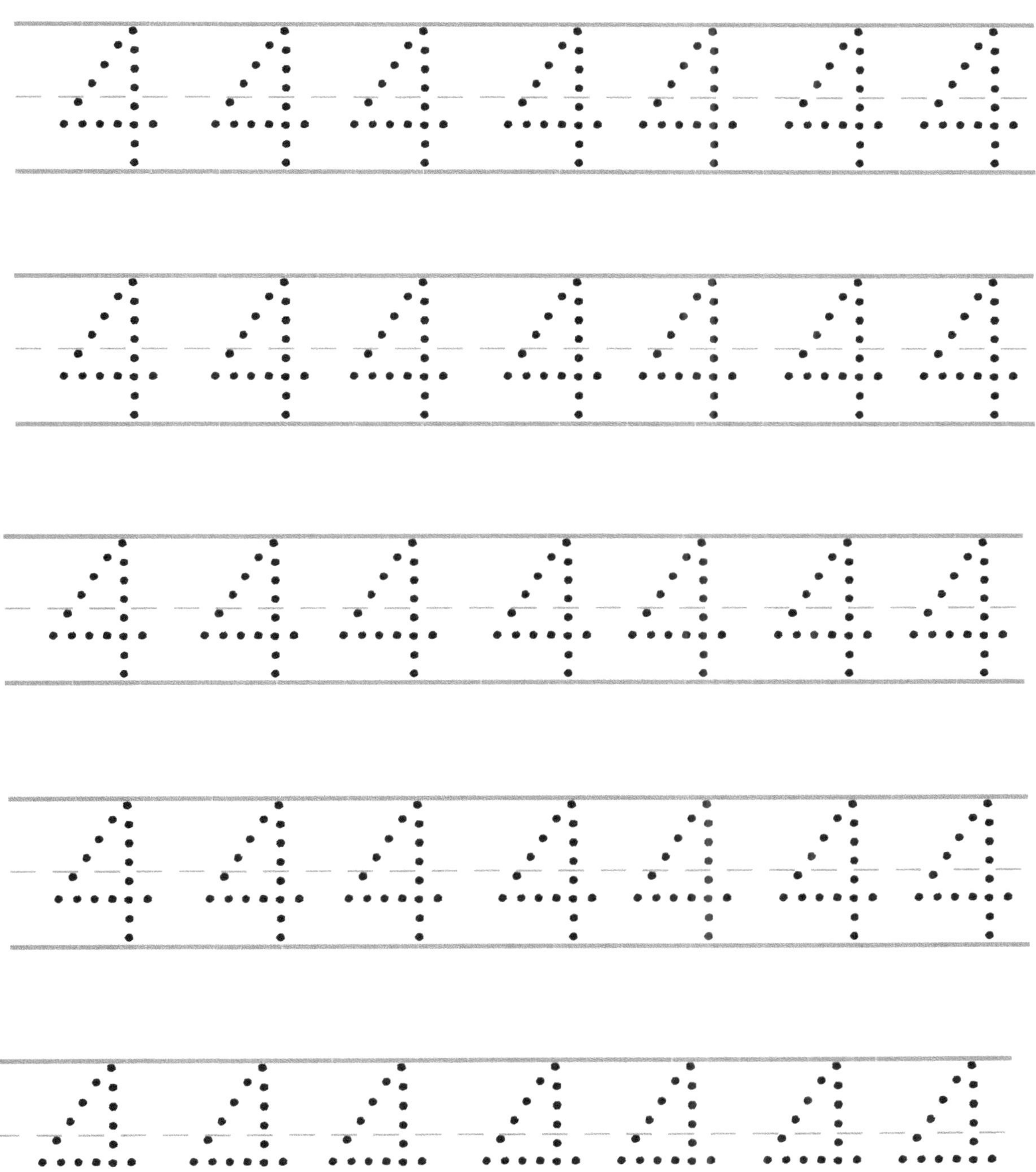

5

FIVE

5

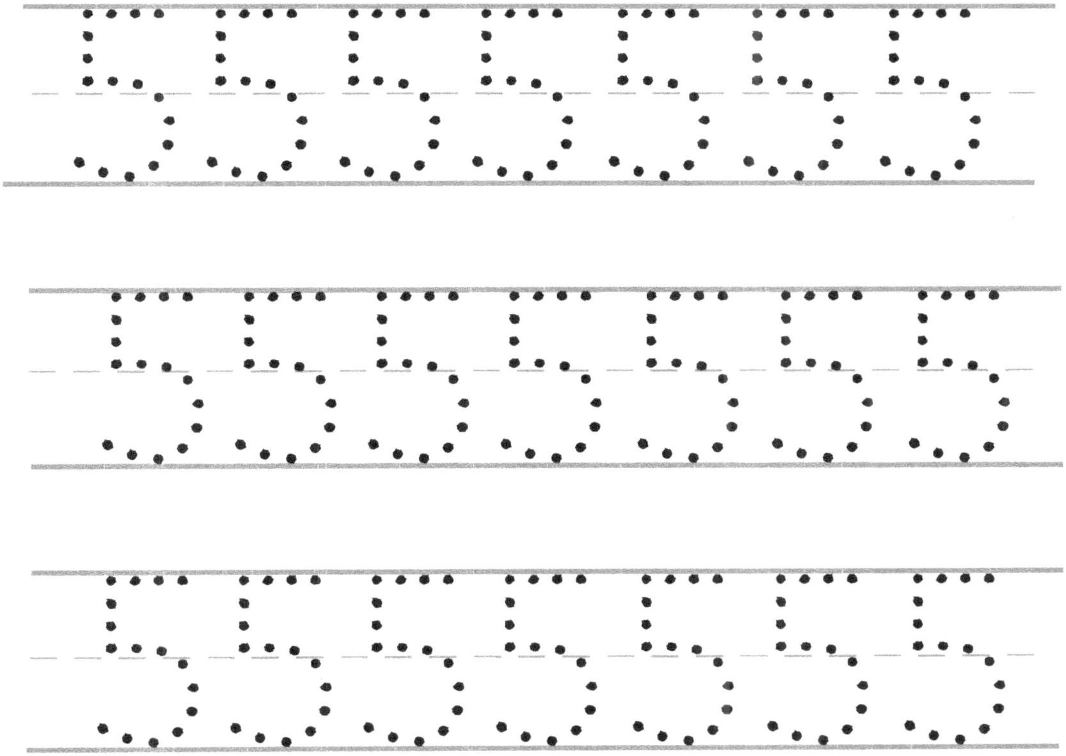

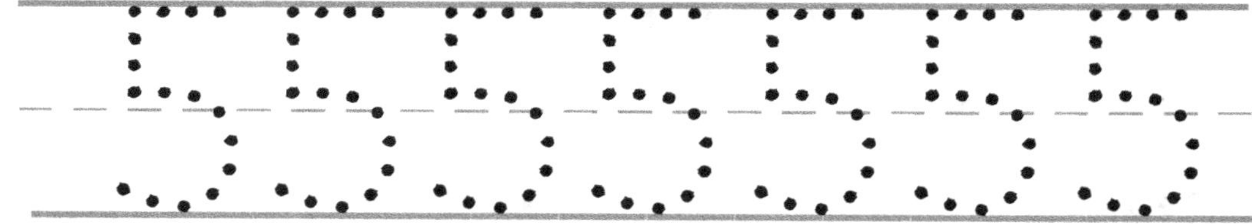

5 5 5 5 5 5 5

5 5 5 5 5 5 5

5 5 5 5 5 5 5

5 5 5 5 5 5 5

5 5 5 5 5 5 5

6

SIX

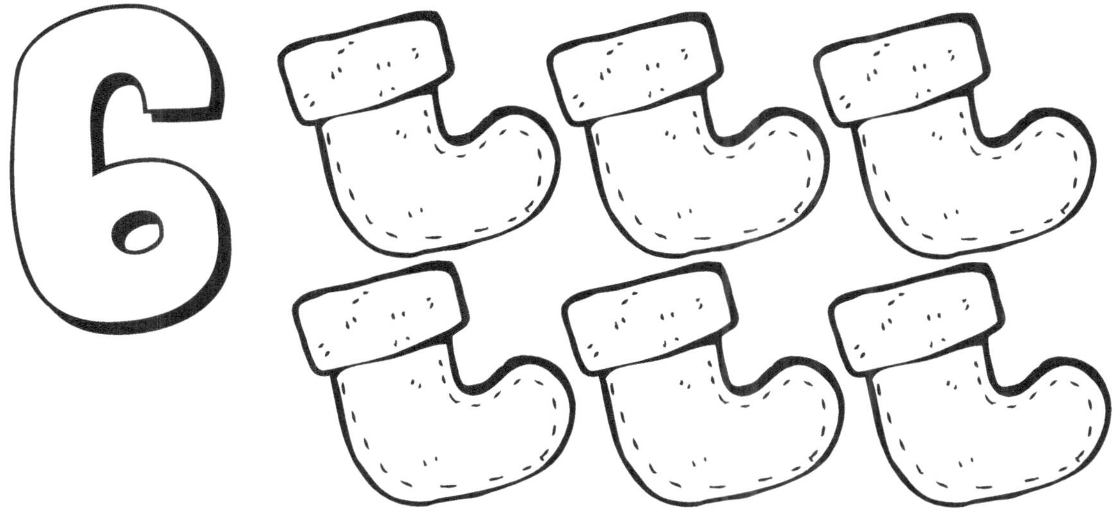

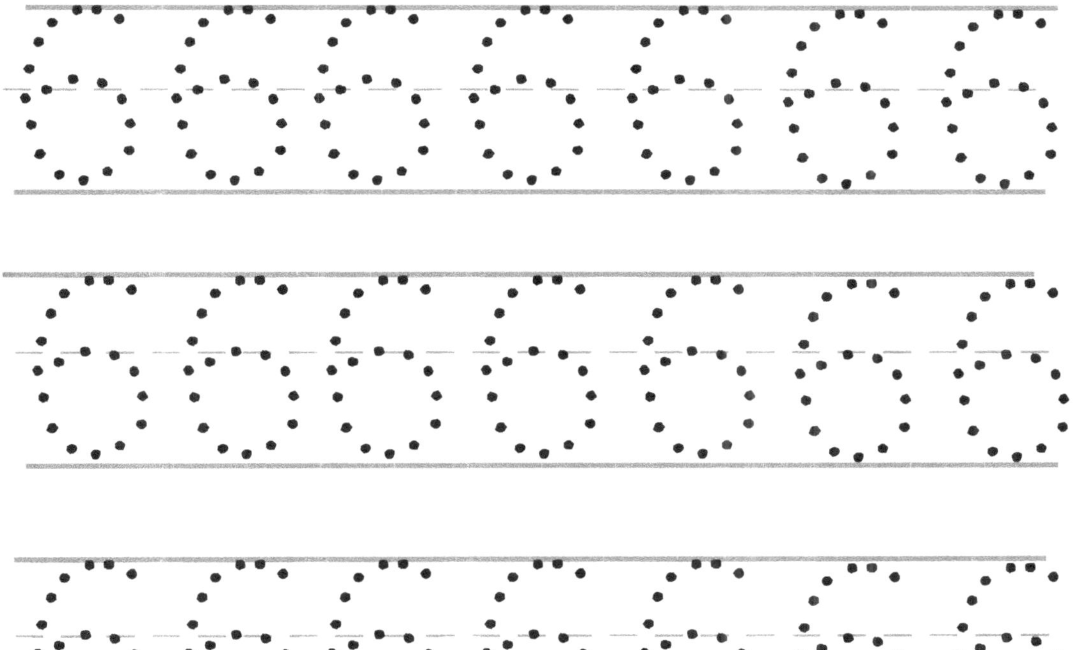

6

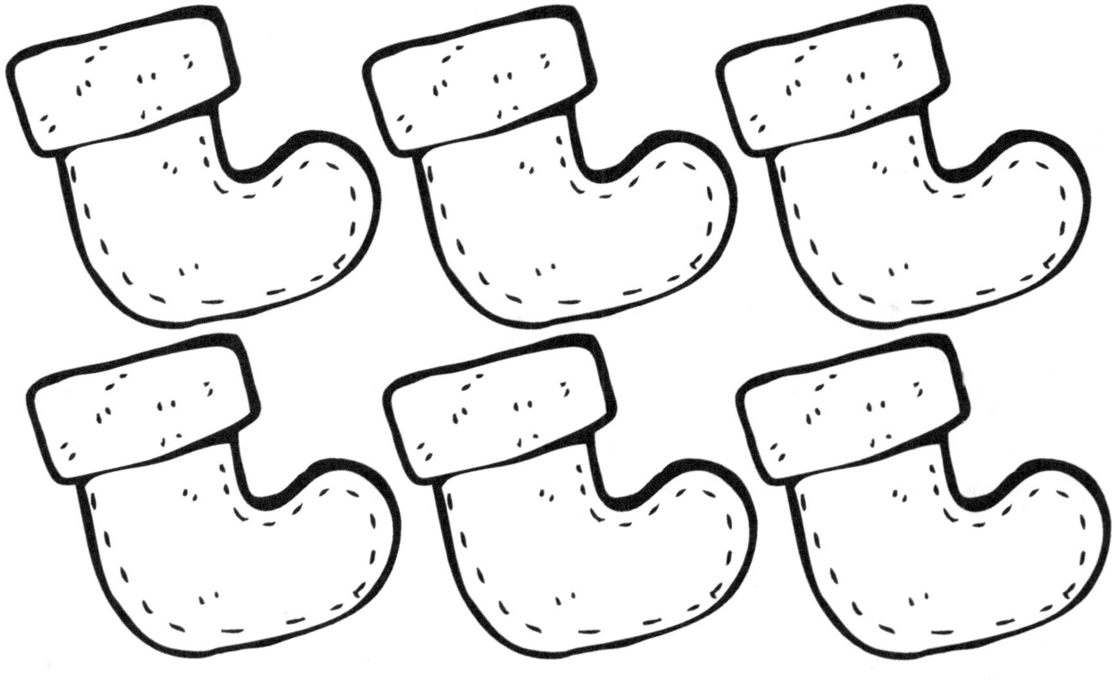

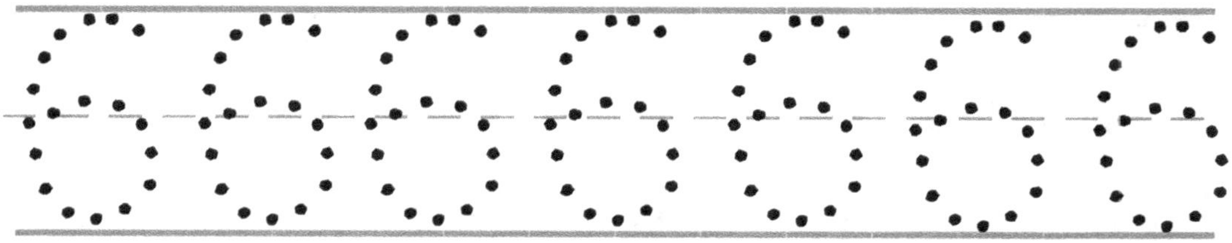

6 6 6 6 6 6 6

6 6 6 6 6 6 6

6 6 6 6 6 6 6

6 6 6 6 6 6 6

6 6 6 6 6 6 6

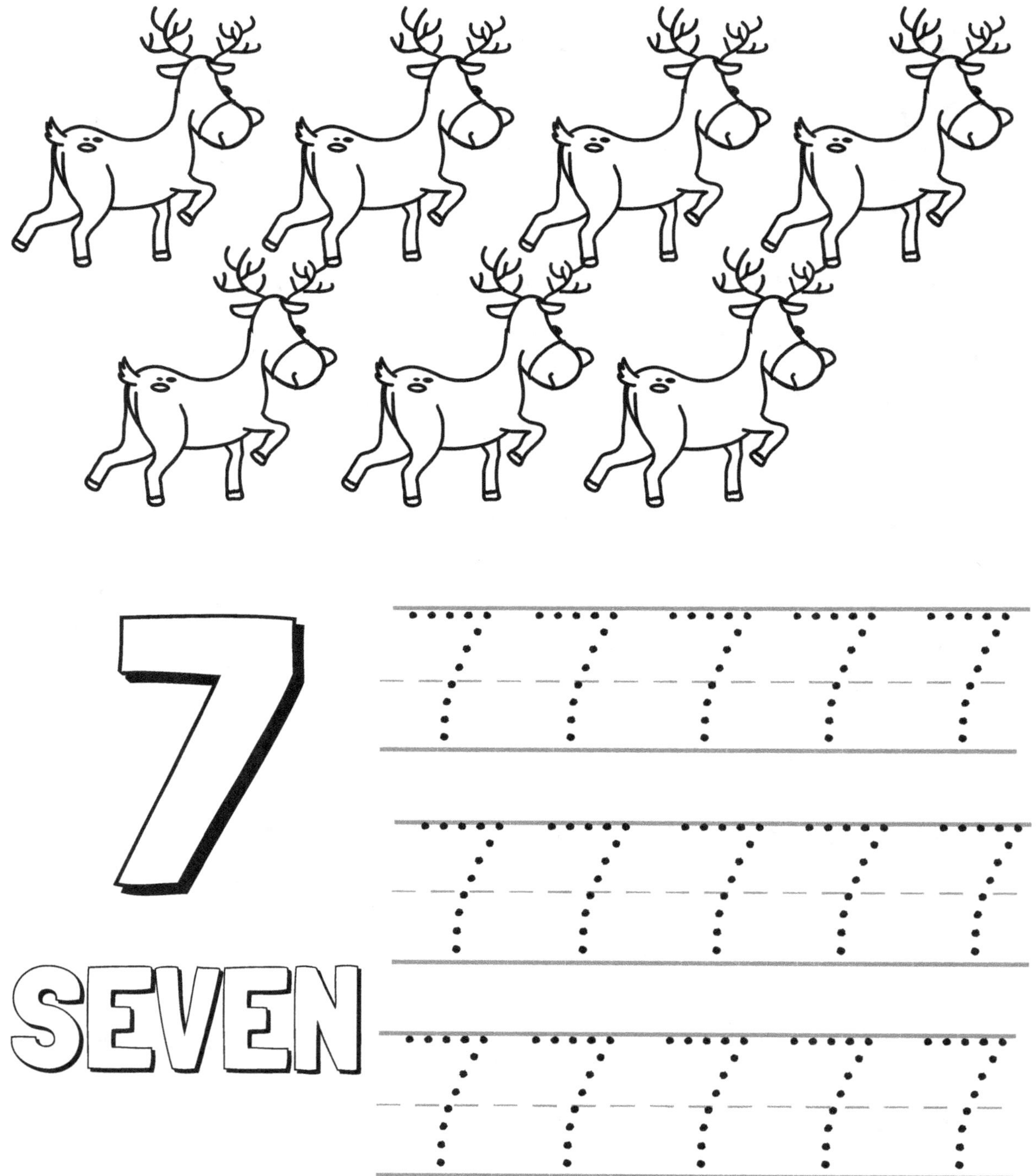

7

SEVEN

7

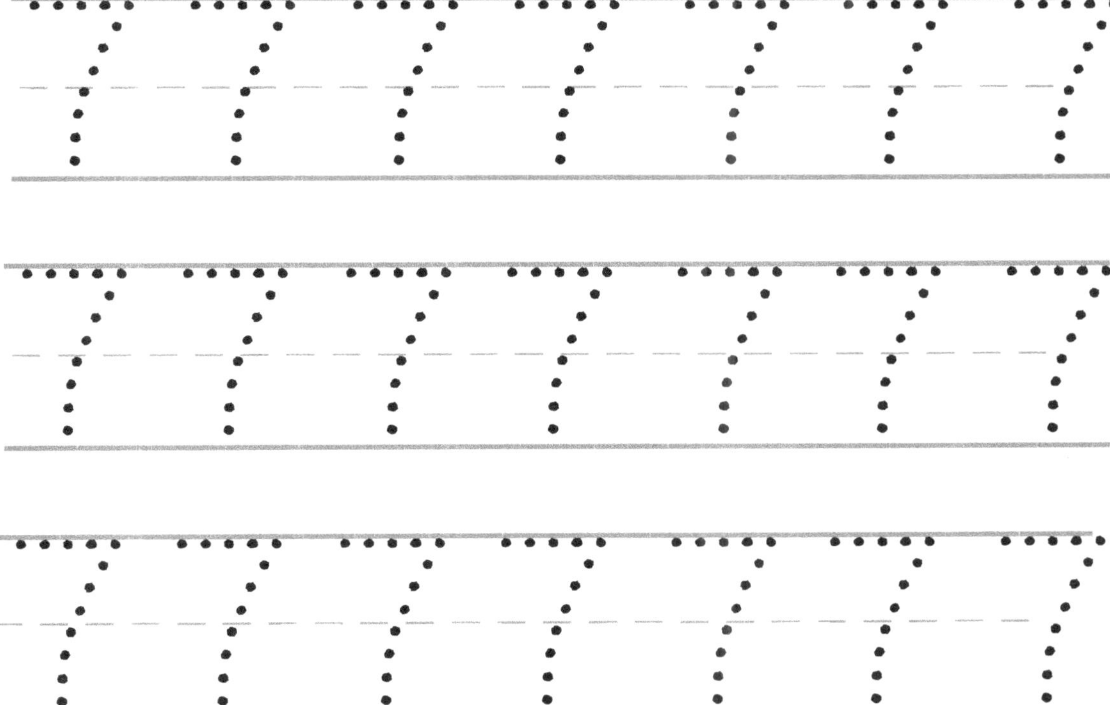

7

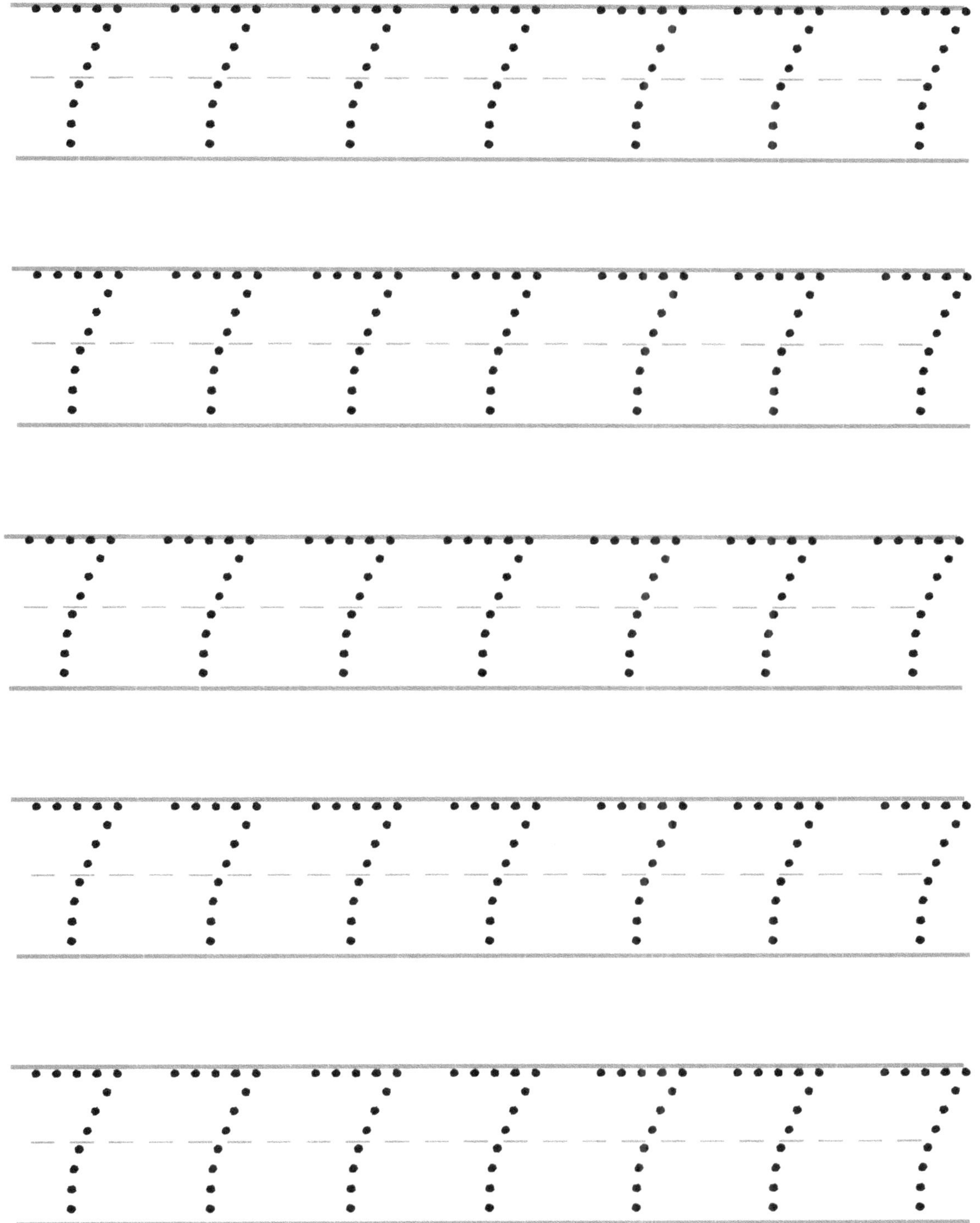

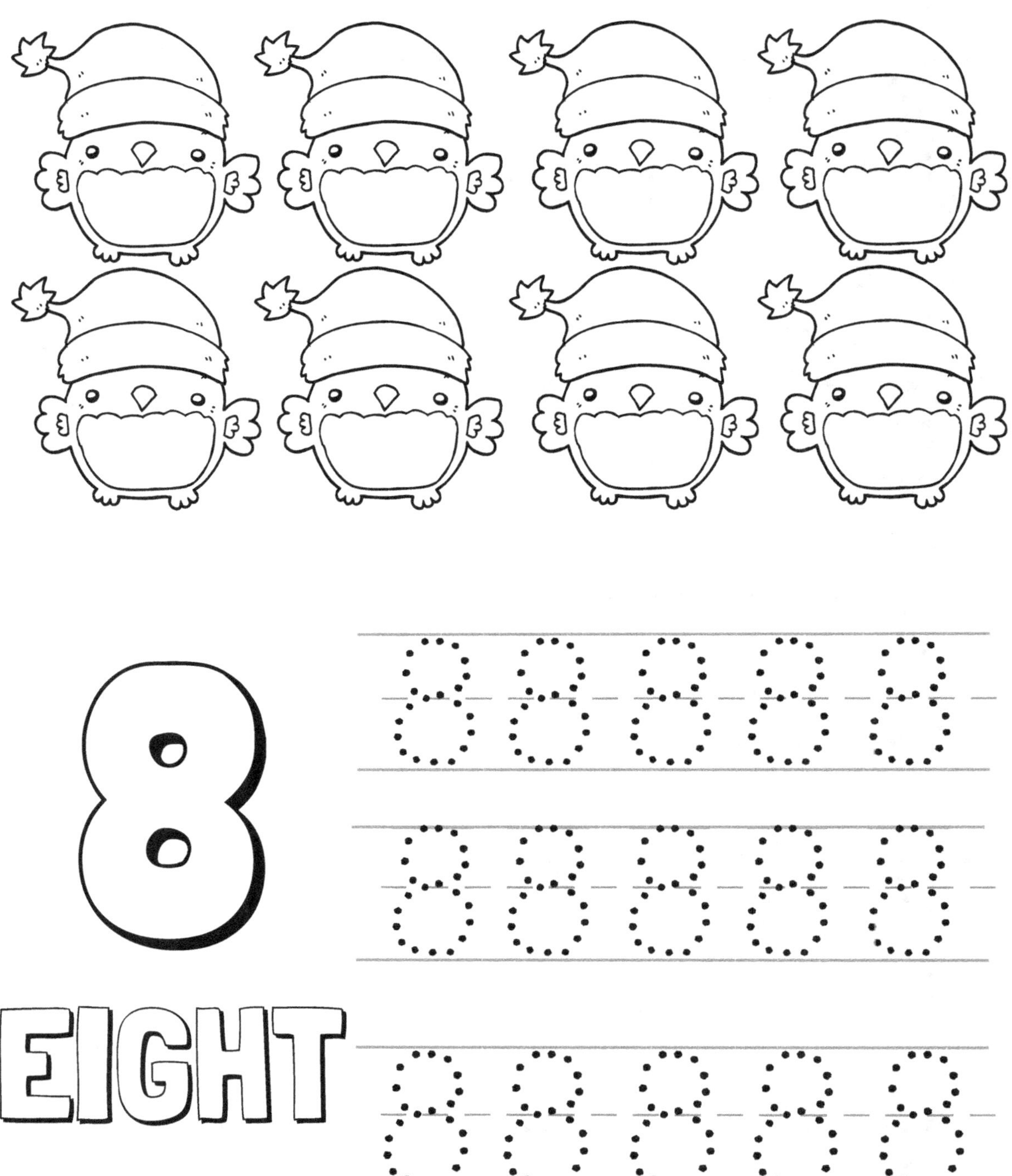

8

EIGHT

8

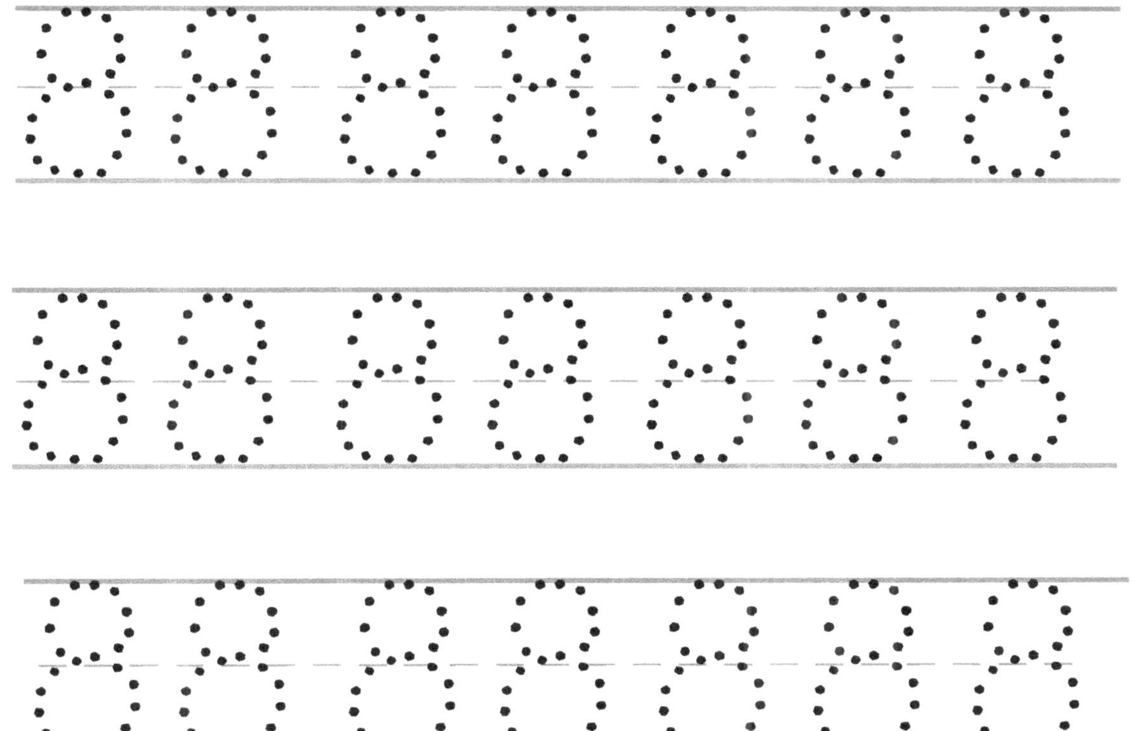

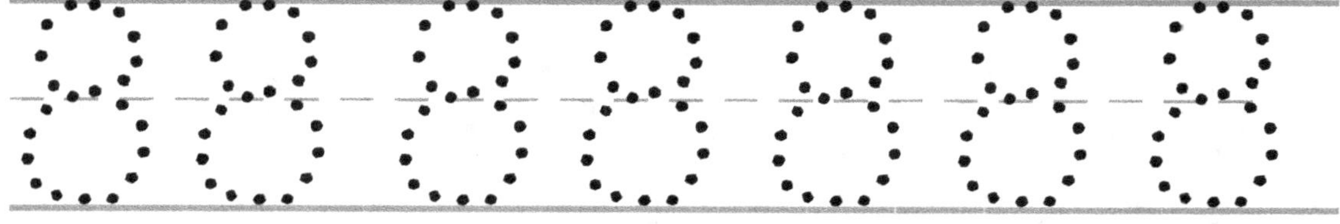

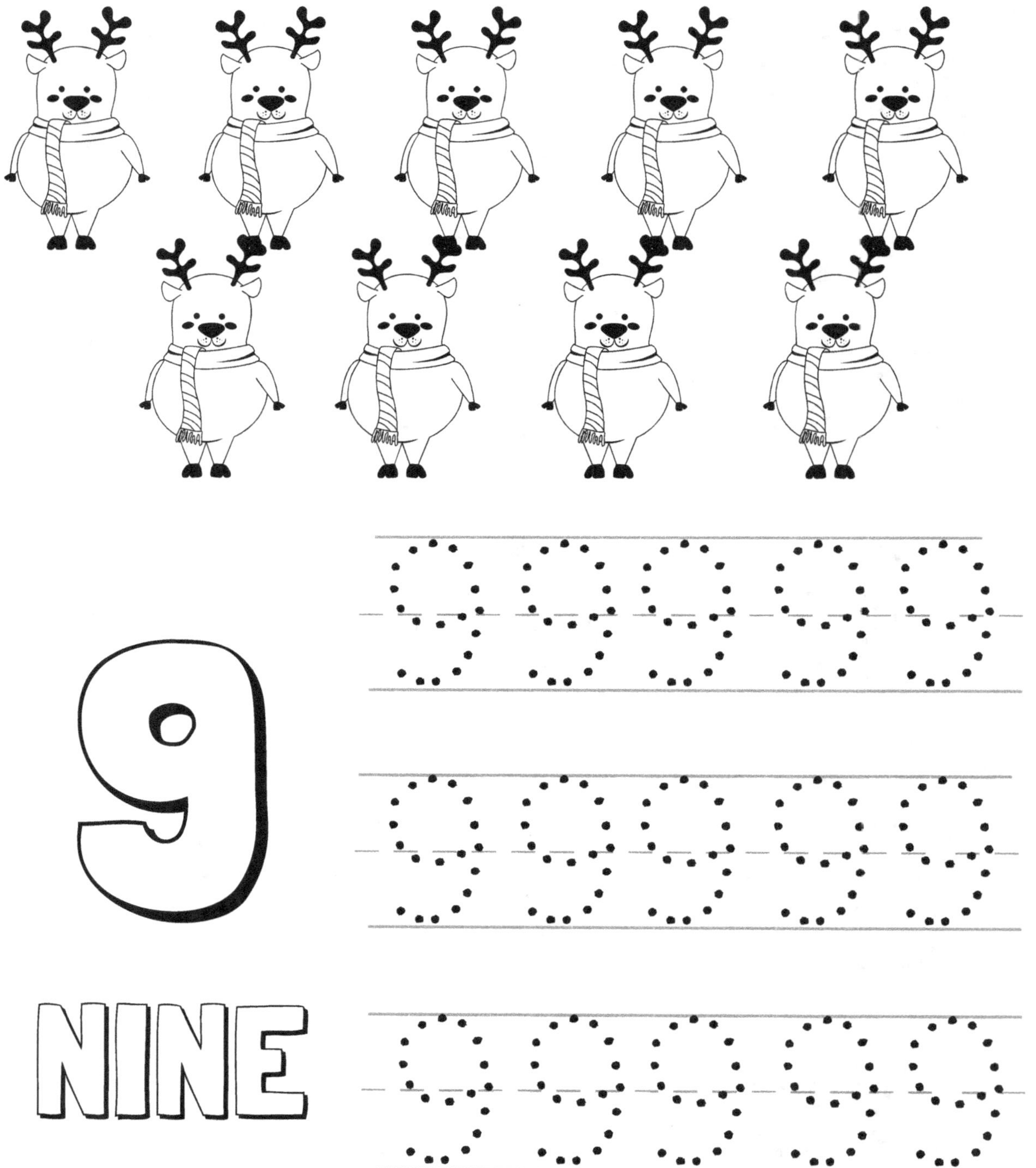

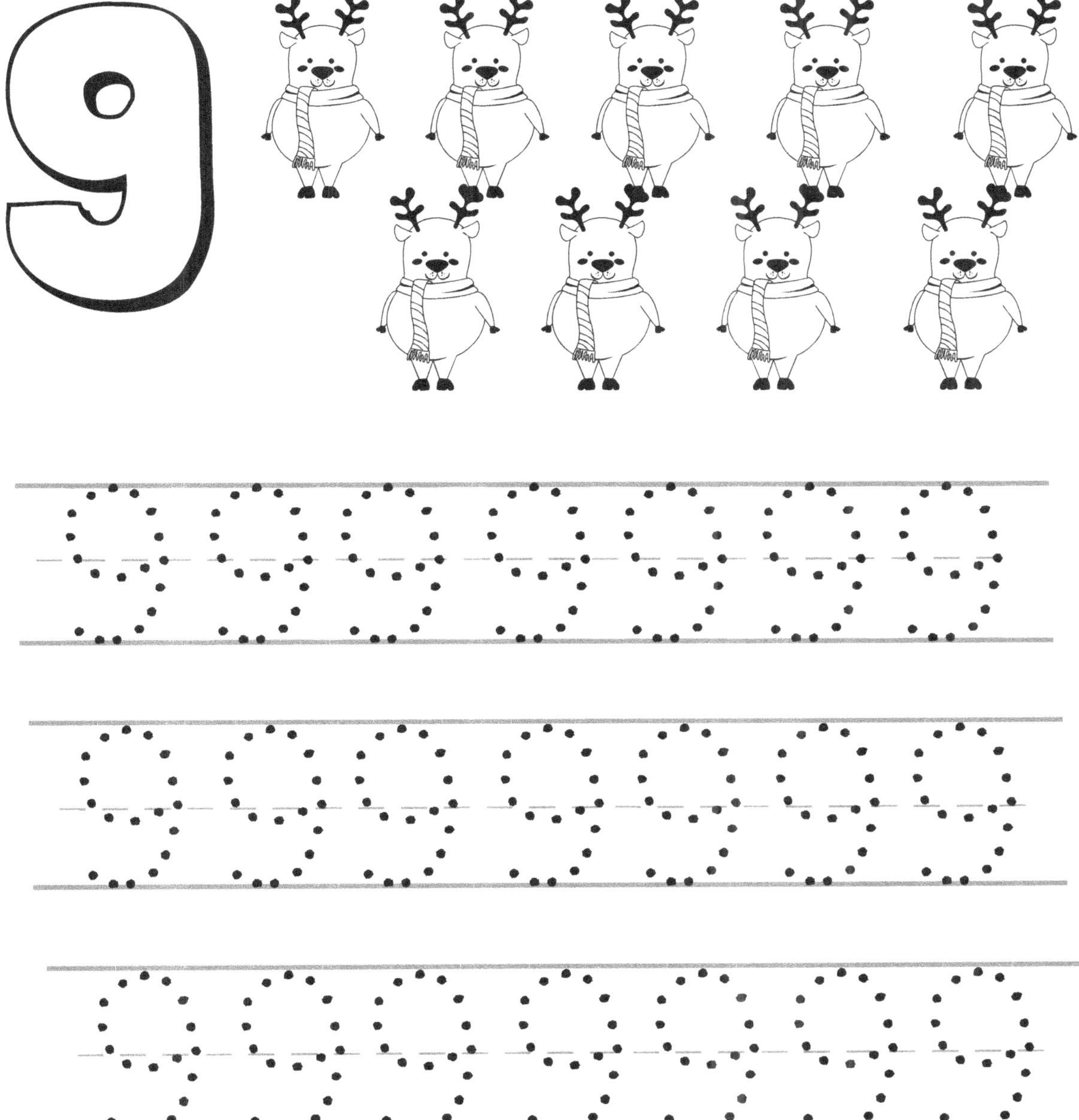

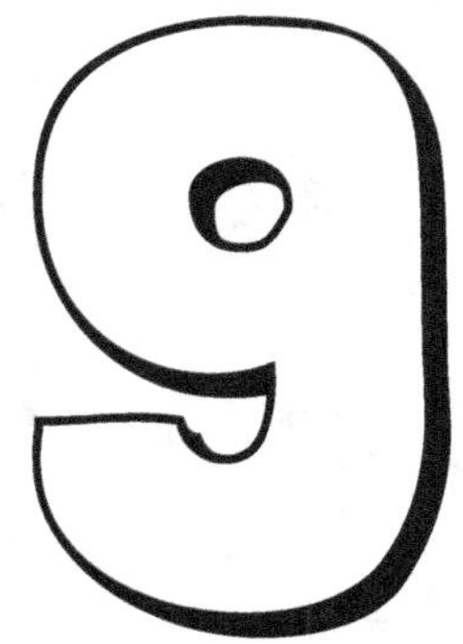

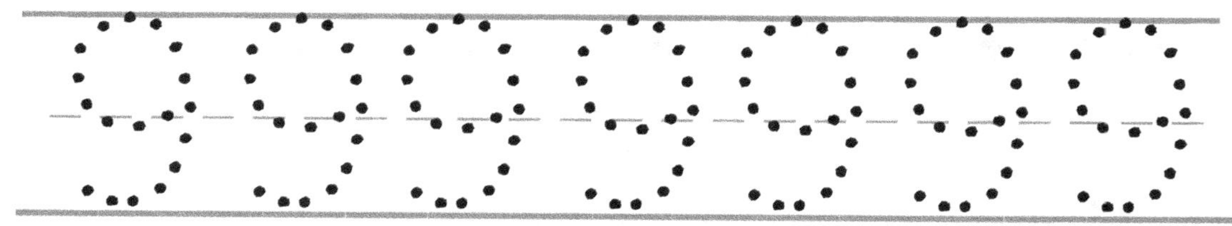

9 9 9 9 9 9 9

9 9 9 9 9 9 9

9 9 9 9 9 9 9

9 9 9 9 9 9 9

9 9 9 9 9 9 9

10
TEN
10 10 10 10
10 10 10 10
10 10 10 10

10

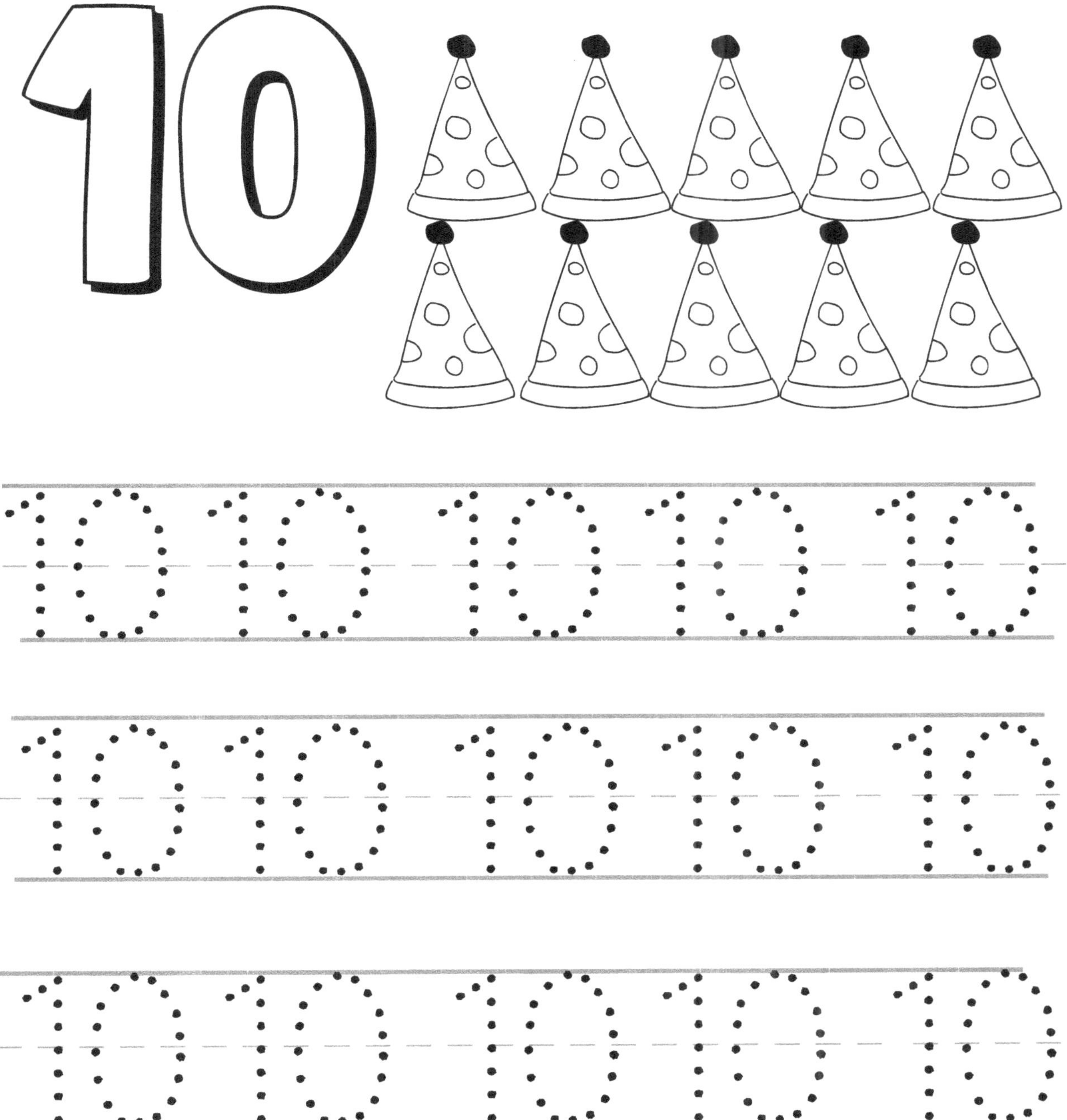

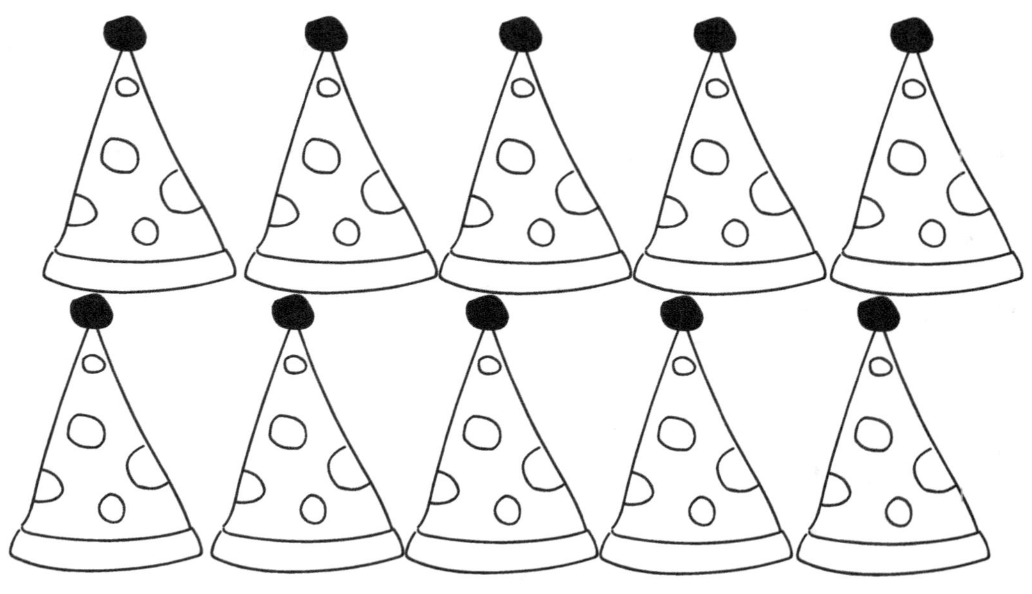

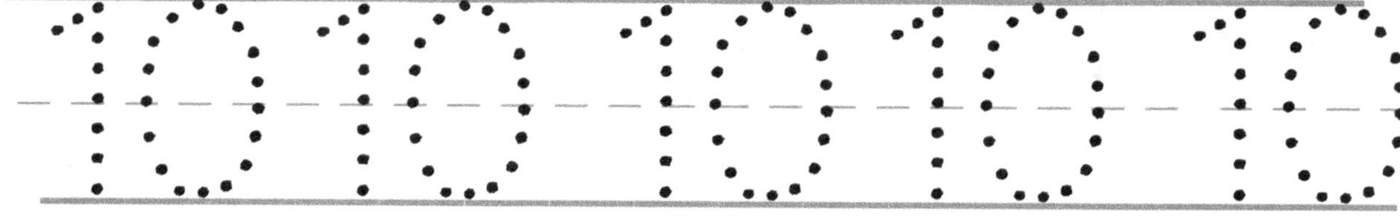

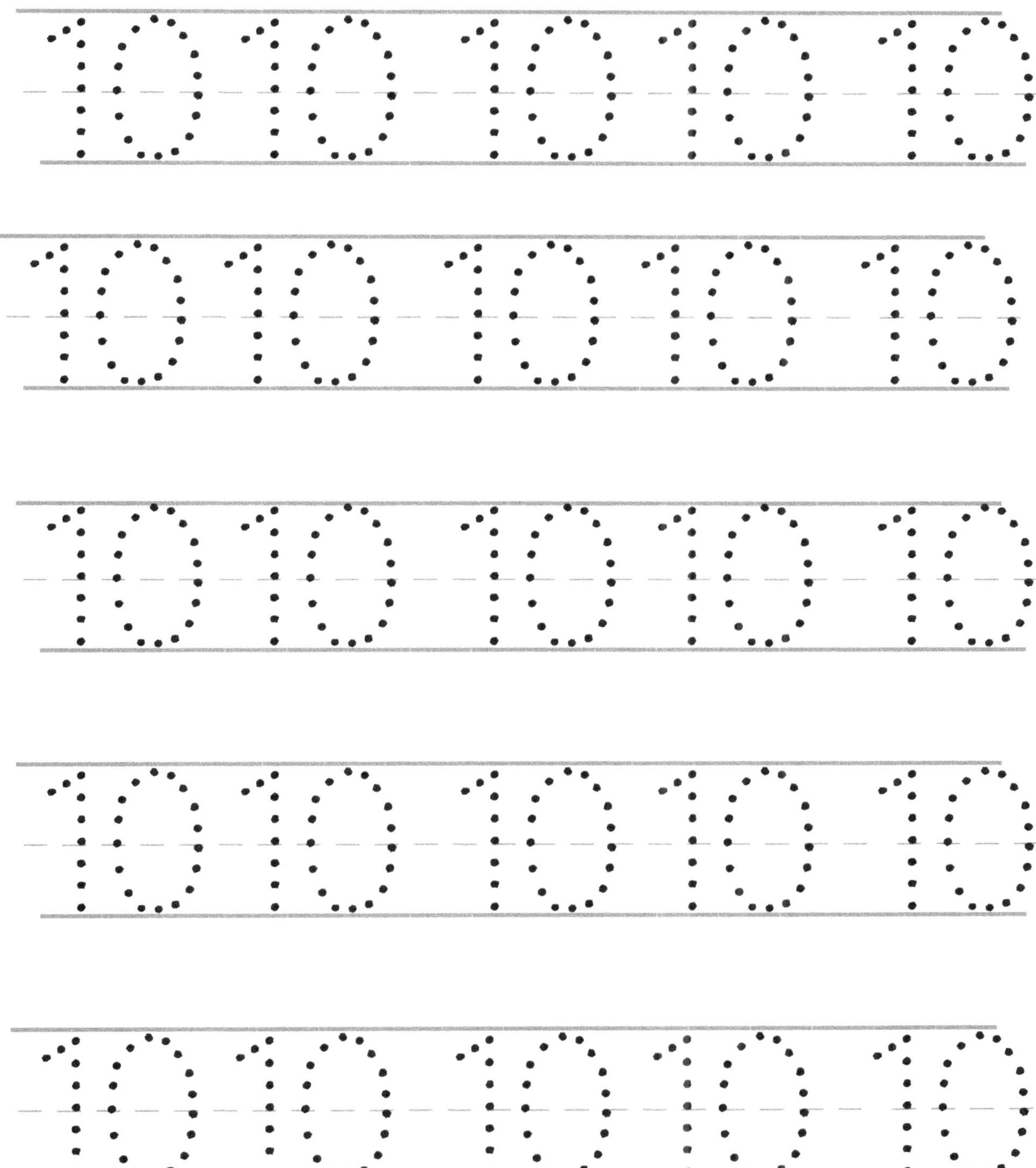

11
ELEVEN

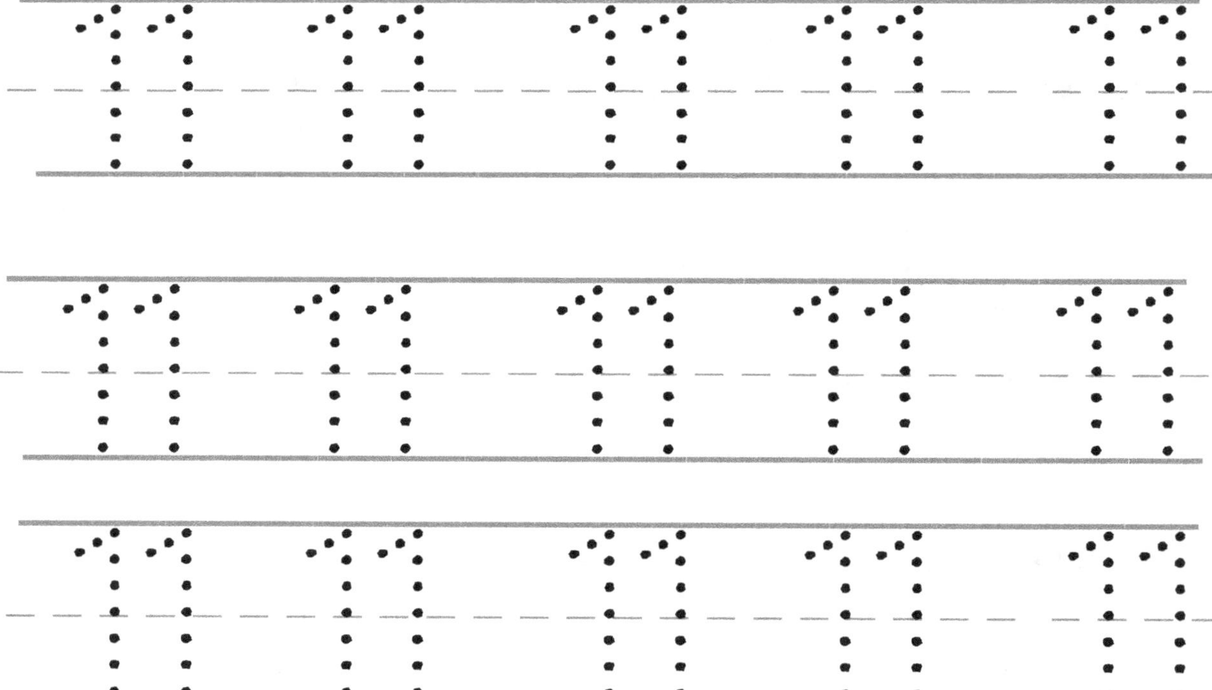

11

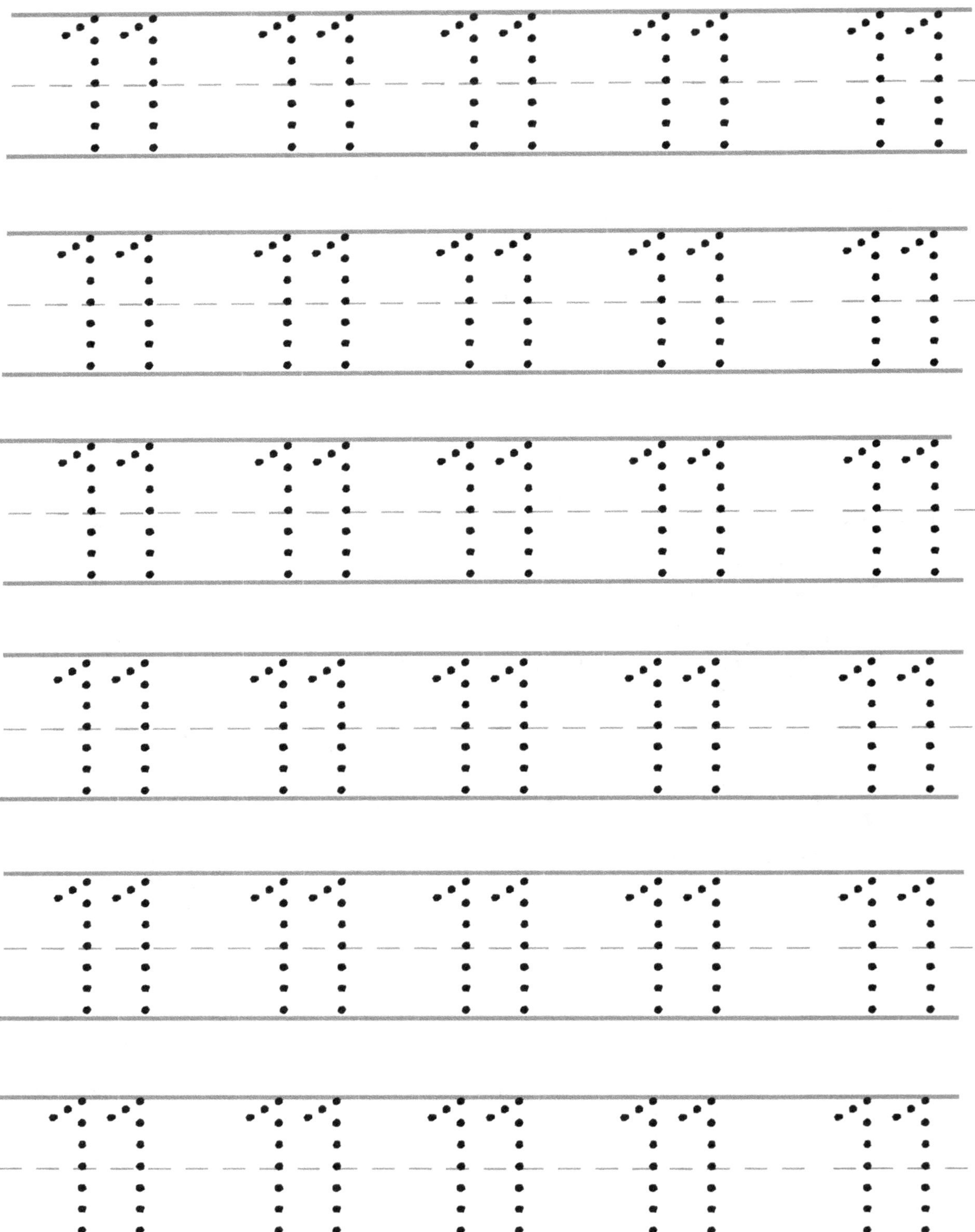

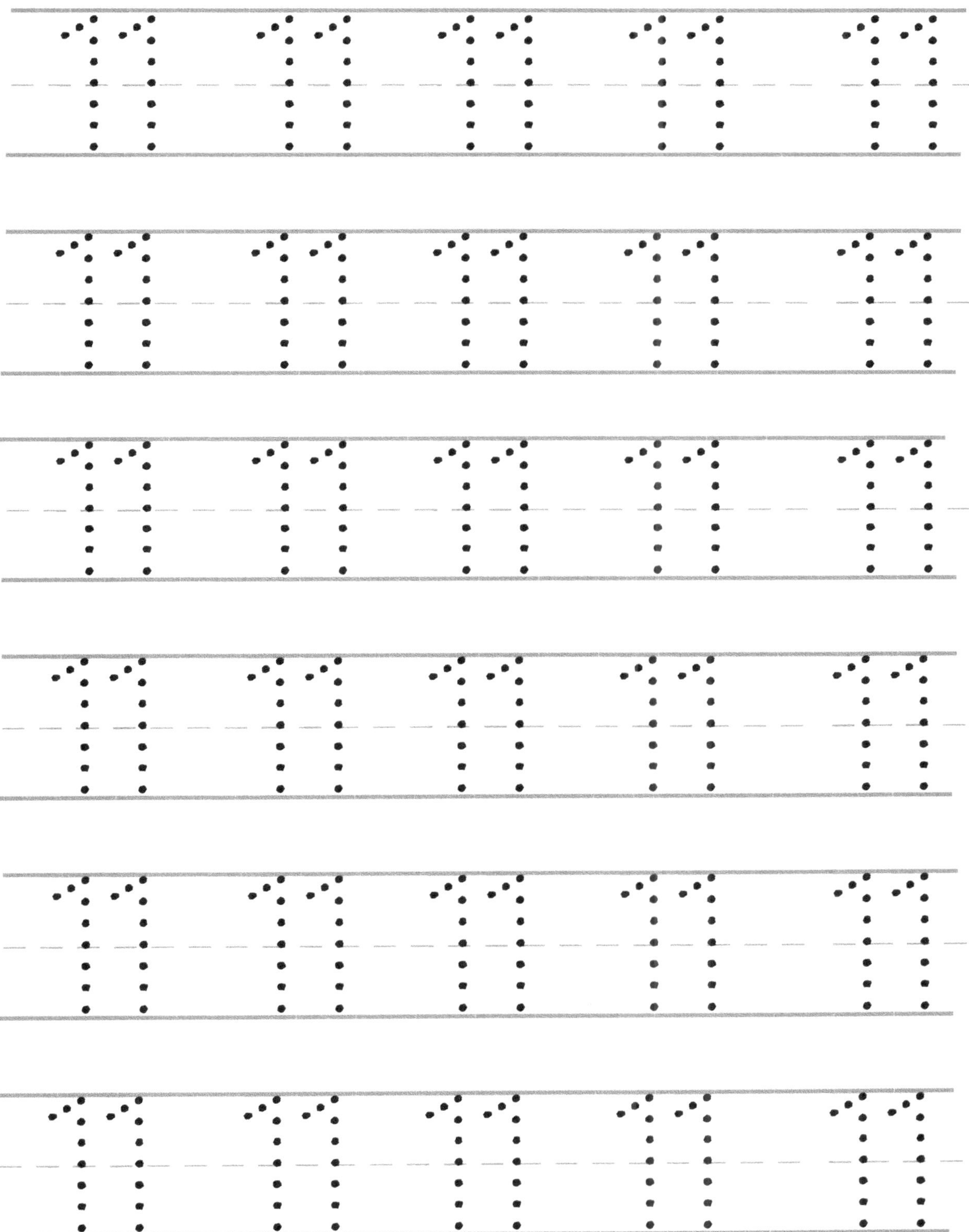

12 TWELVE

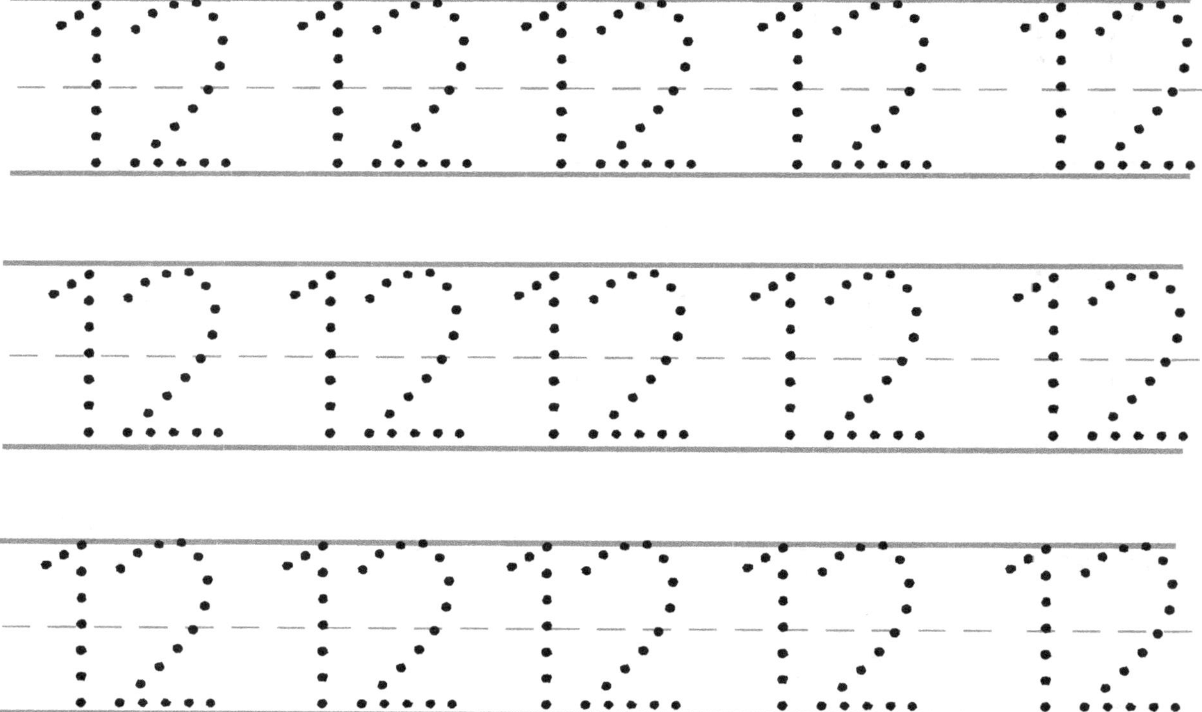

12

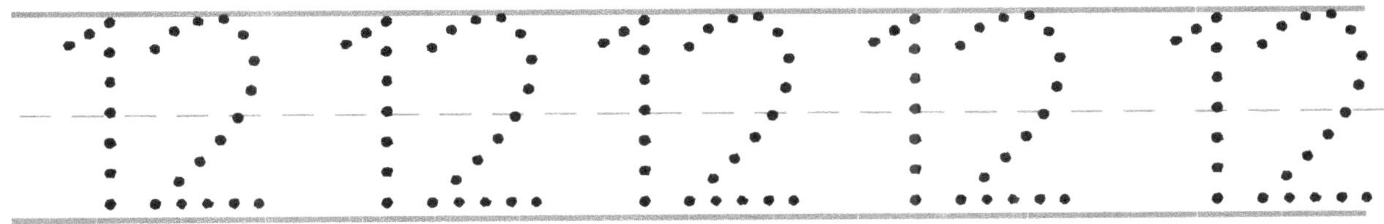

12 12 12 12 12

12 12 12 12 12

12 12 12 12 12

12 12 12 12 12

12 12 12 12 12

12 12 12 12 12

12 12 12 12 12

12 12 12 12 12

12 12 12 12 12

12 12 12 12 12

12 12 12 12 12

12 12 12 12 12

13

THIRTEEN

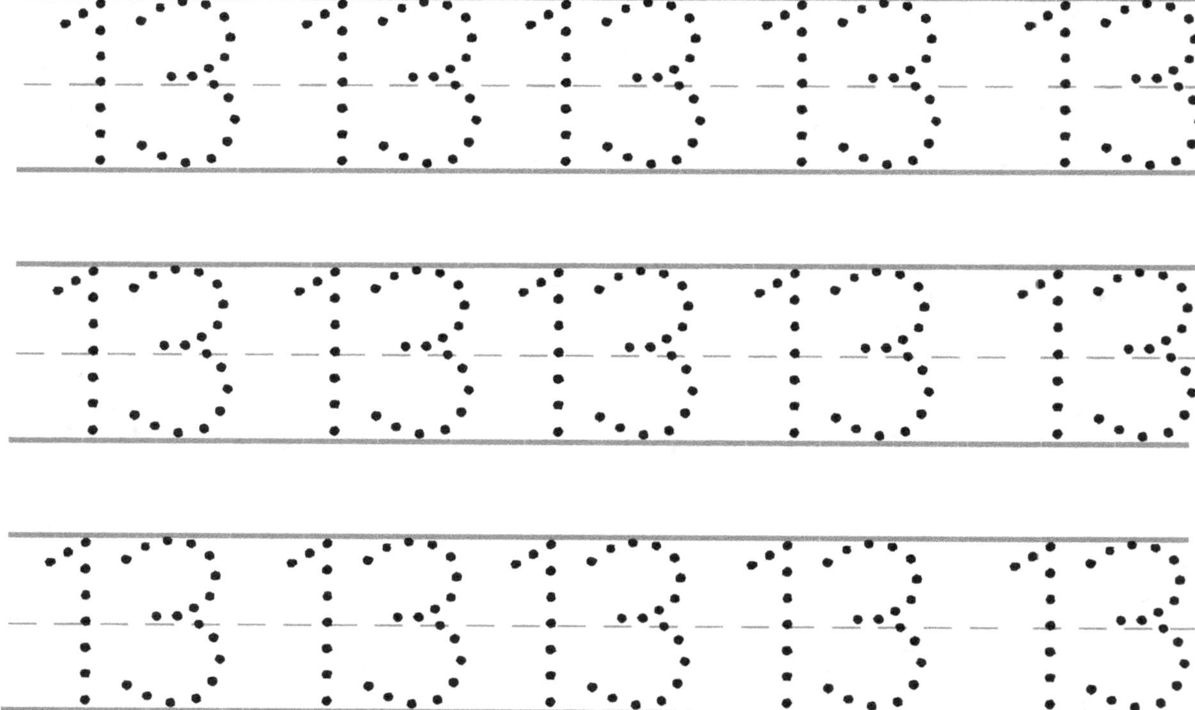

13

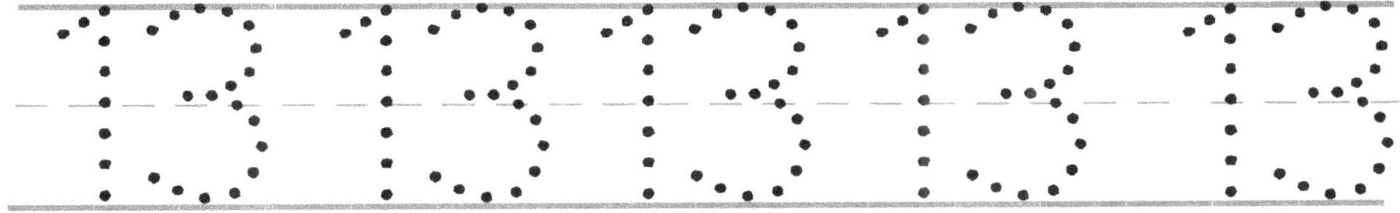

13 13 13 13 13

13 13 13 13 13

13 13 13 13 13

13 13 13 13 13

13 13 13 13 13

13 13 13 13 13

13 13 13 13 13

13 13 13 13 13

13 13 13 13 13

13 13 13 13 13

13 13 13 13 13

13 13 13 13 13

14

FOURTEEN

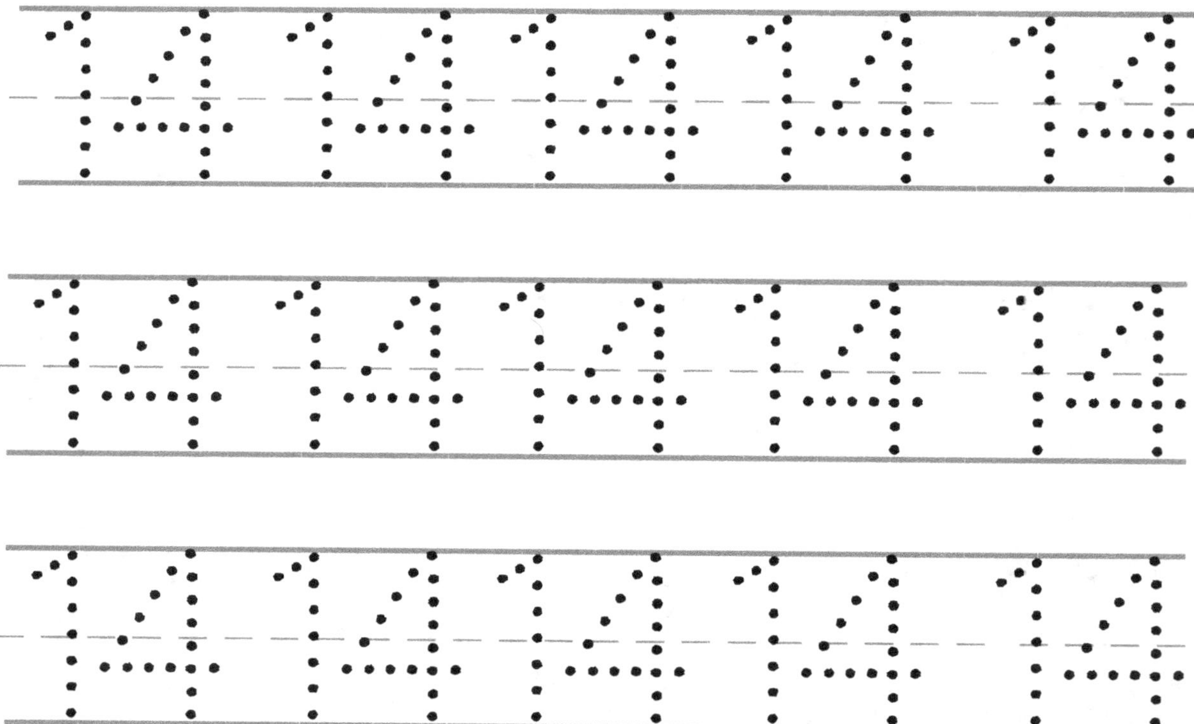

14

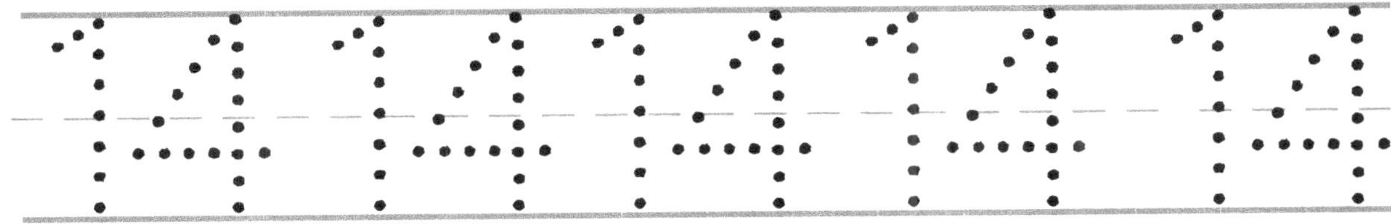

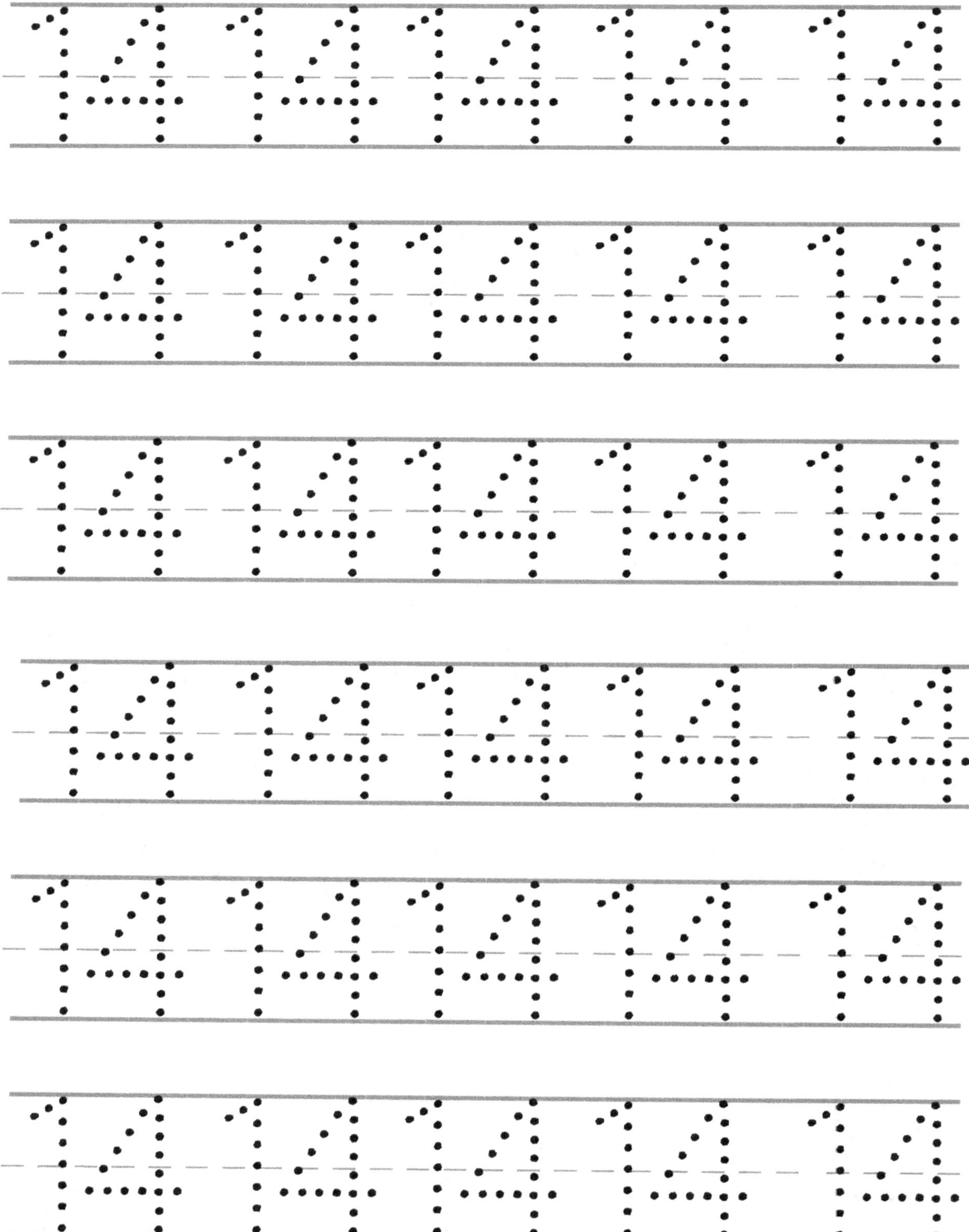

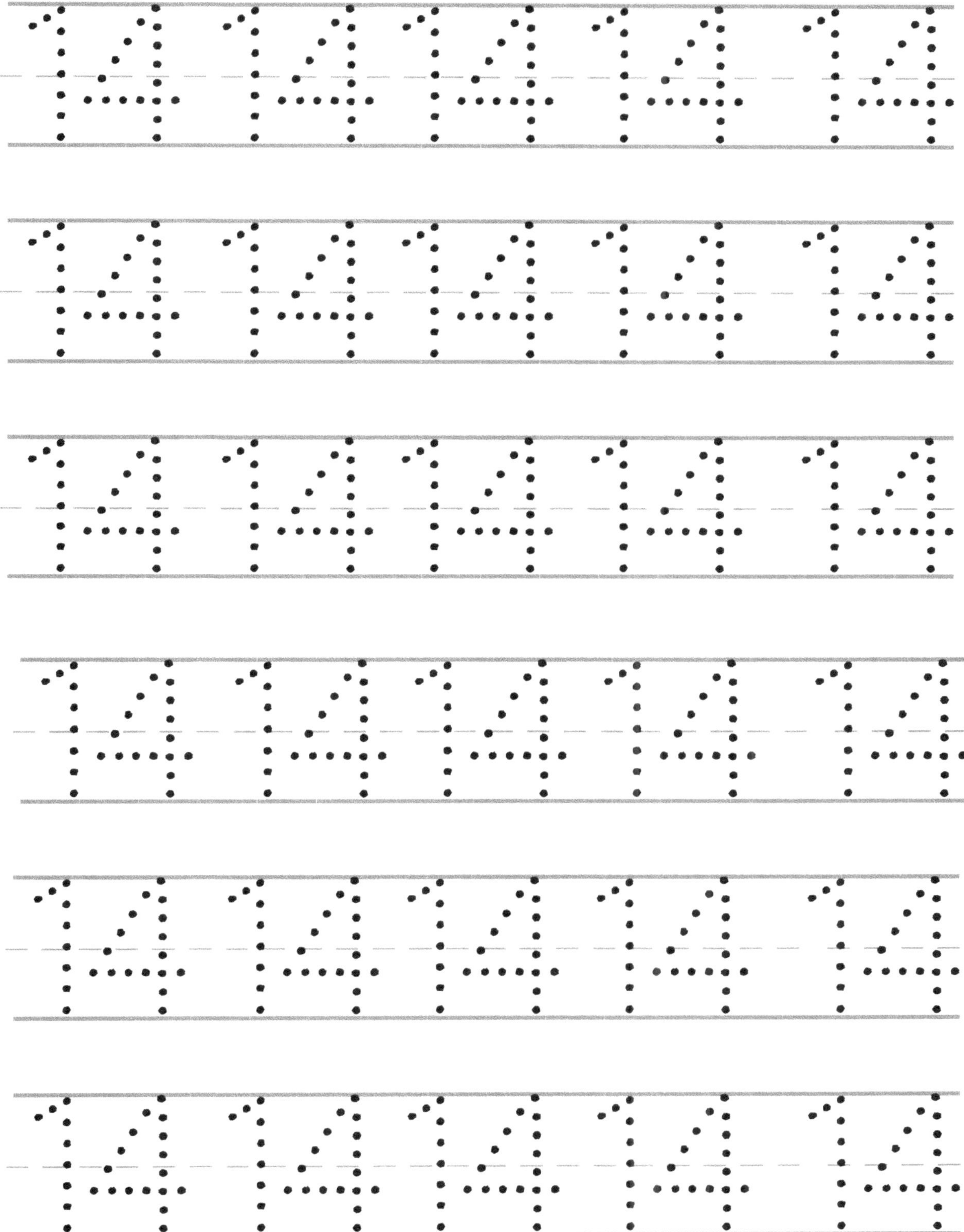

15

FIFTEEN

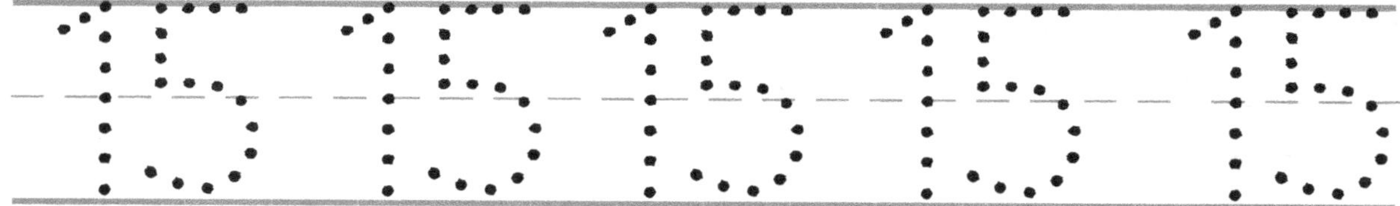

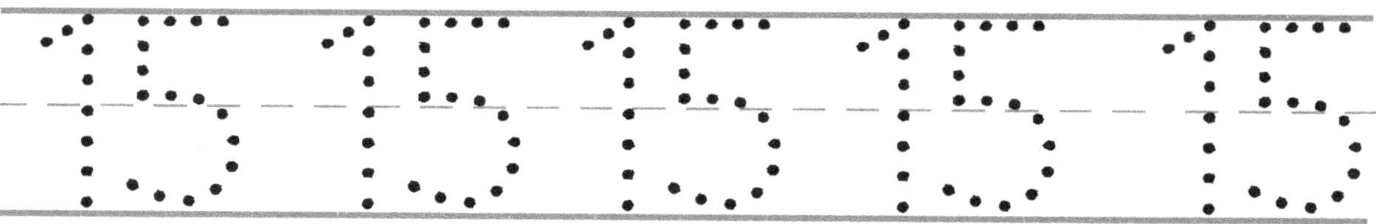

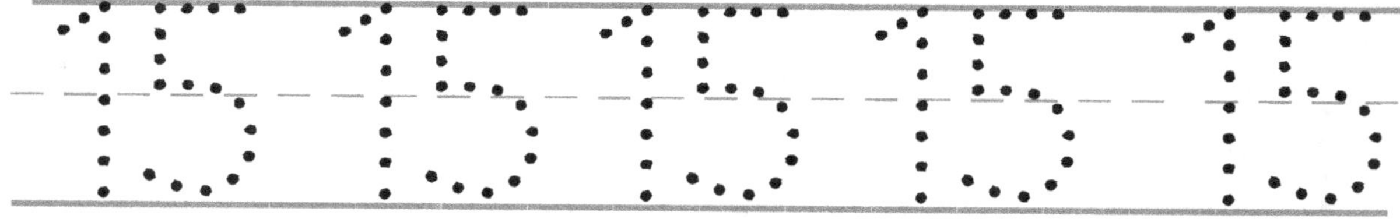

15

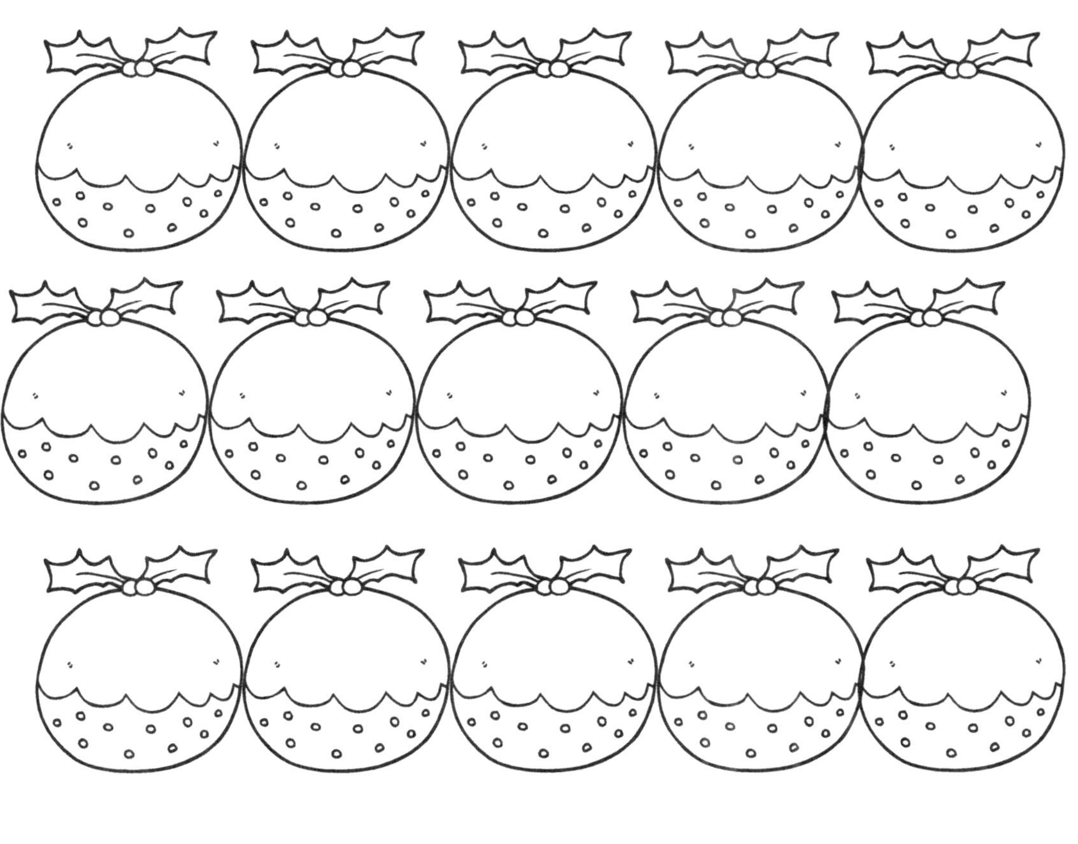

15 15 15 15 15
15 15 15 15 15
15 15 15 15 15
15 15 15 15 15
15 15 15 15 15
15 15 15 15 15

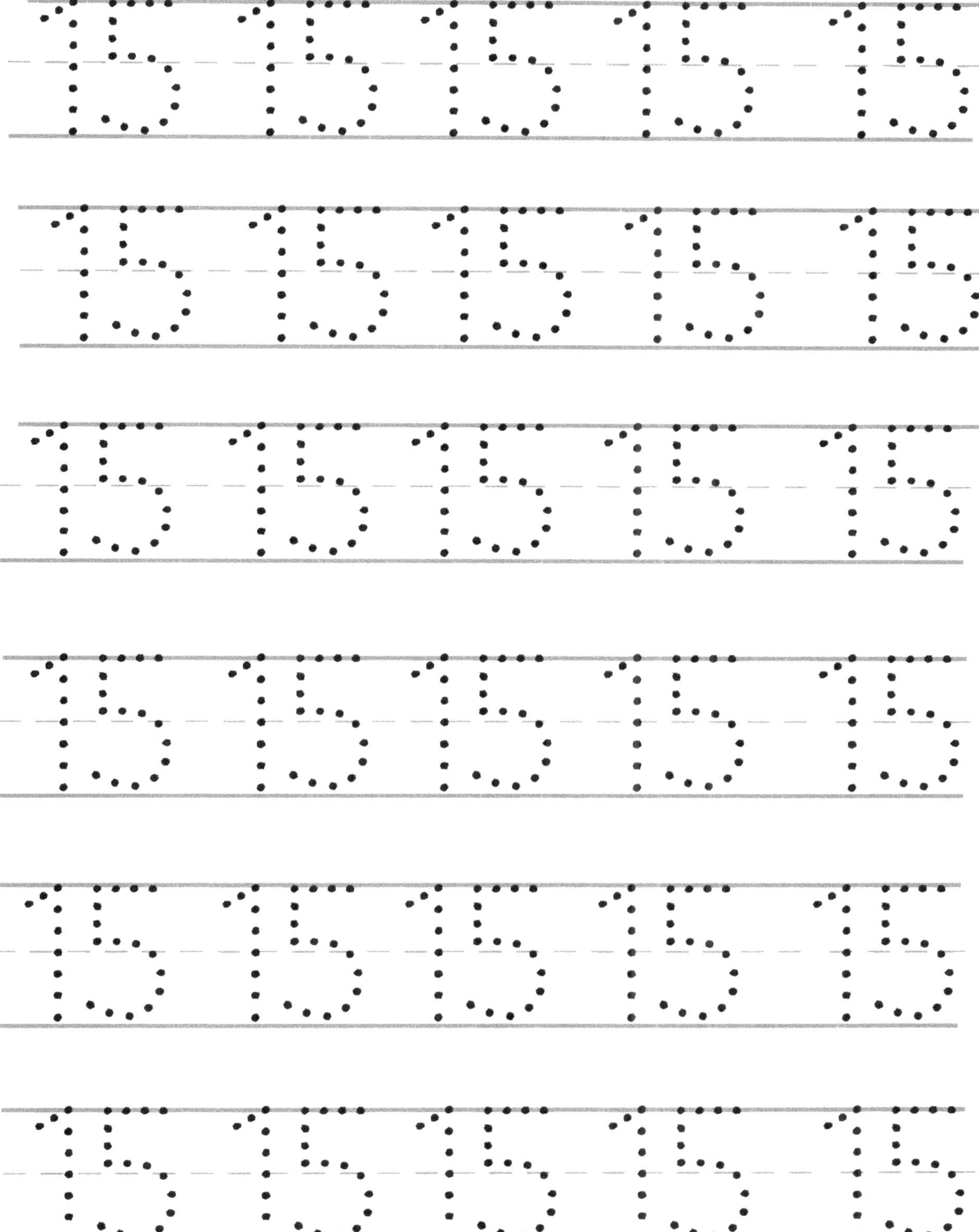

16

SIXTEEN

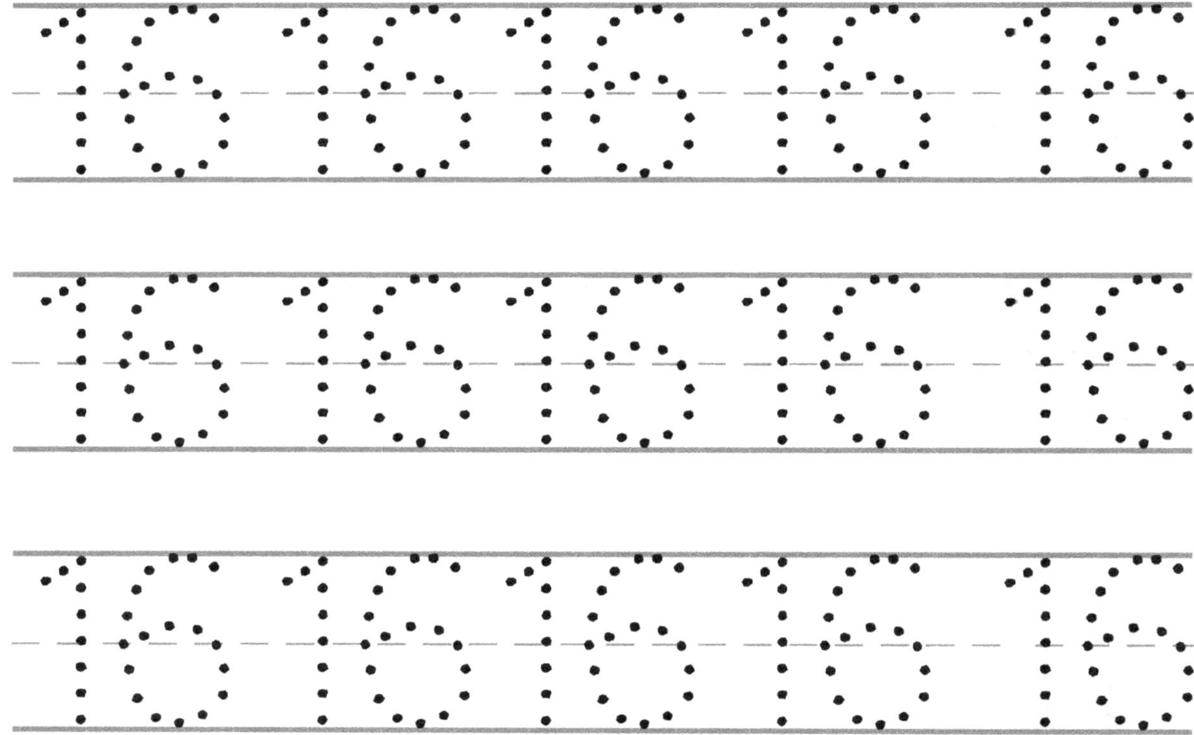

16

16 16 16 16 16 16 16

16 16 16 16 16 16 16

16 16 16 16 16 16 16

16 16 16 16 16 16 16

16 16 16 16 16 16 16

16 16 16 16 16

16 16 16 16 16

16 16 16 16 16

16 16 16 16 16

16 16 16 16 16

16 16 16 16 16

16 16 16 16 16

17

SEVENTEEN

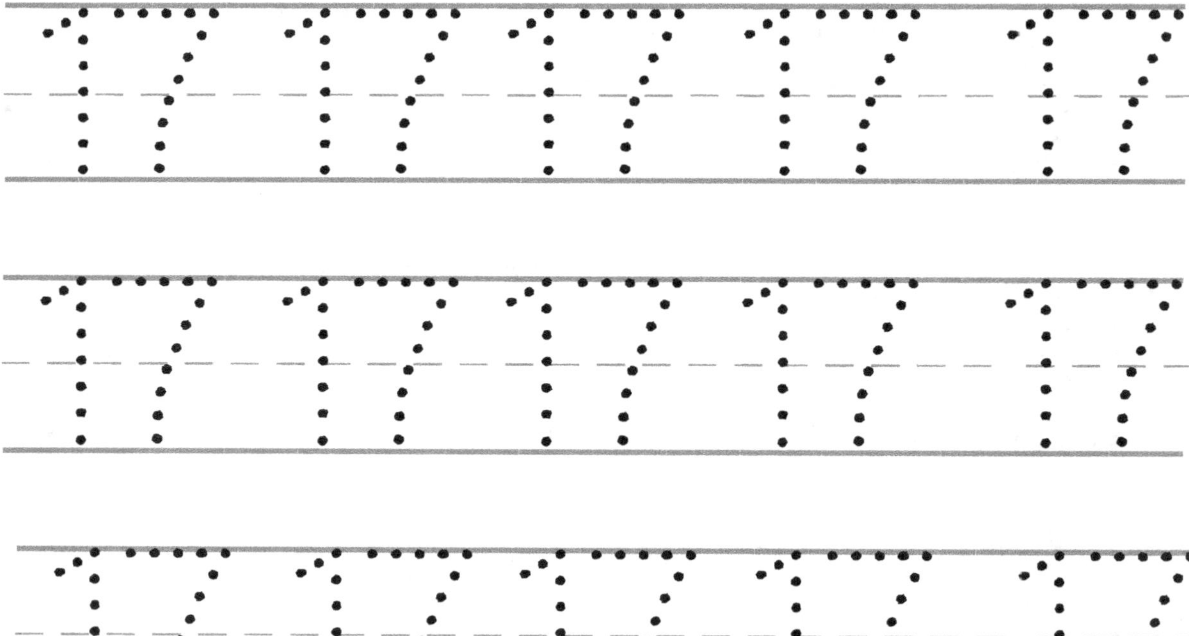

17

17 17 17 17 17

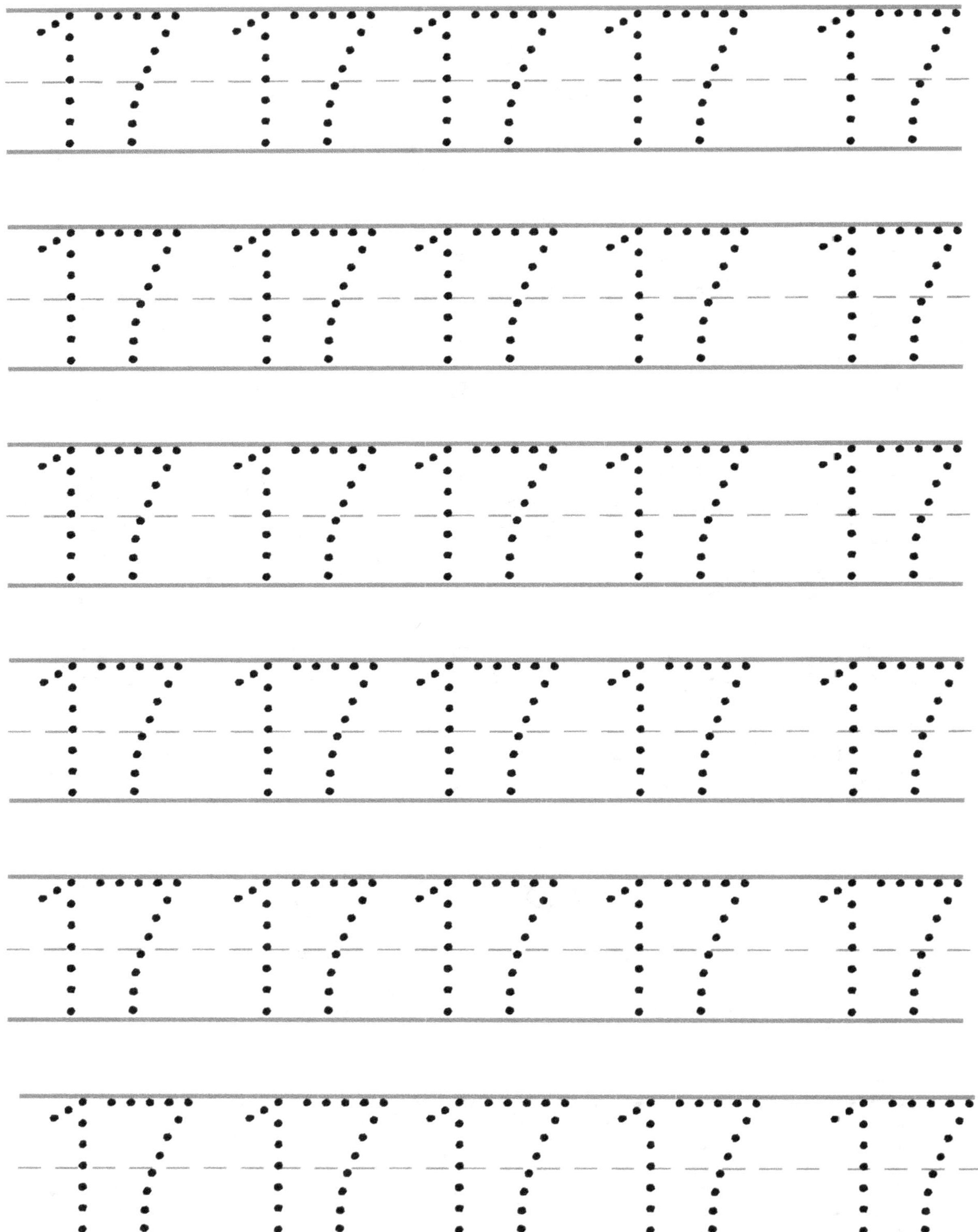

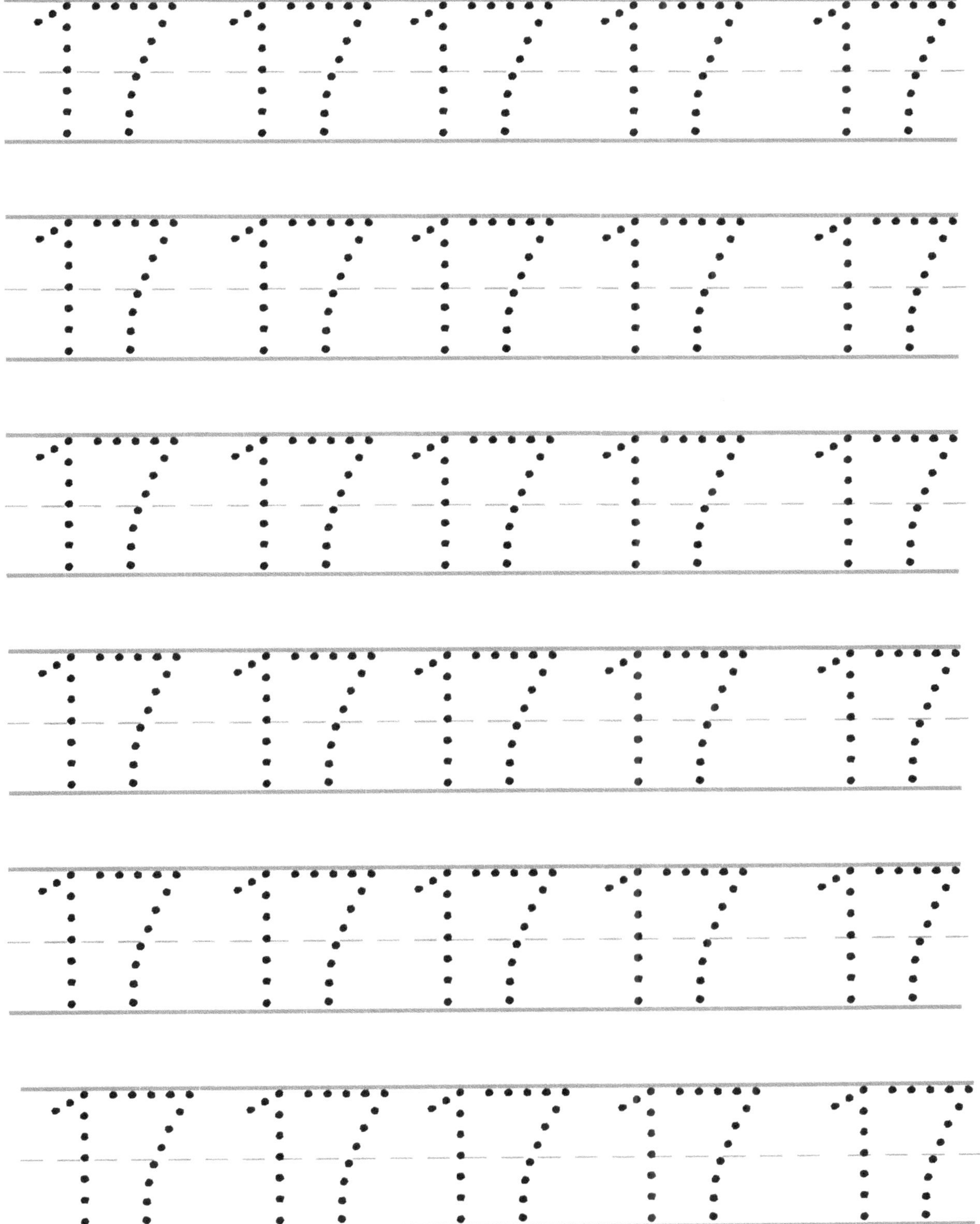

18

EIGHTEEN

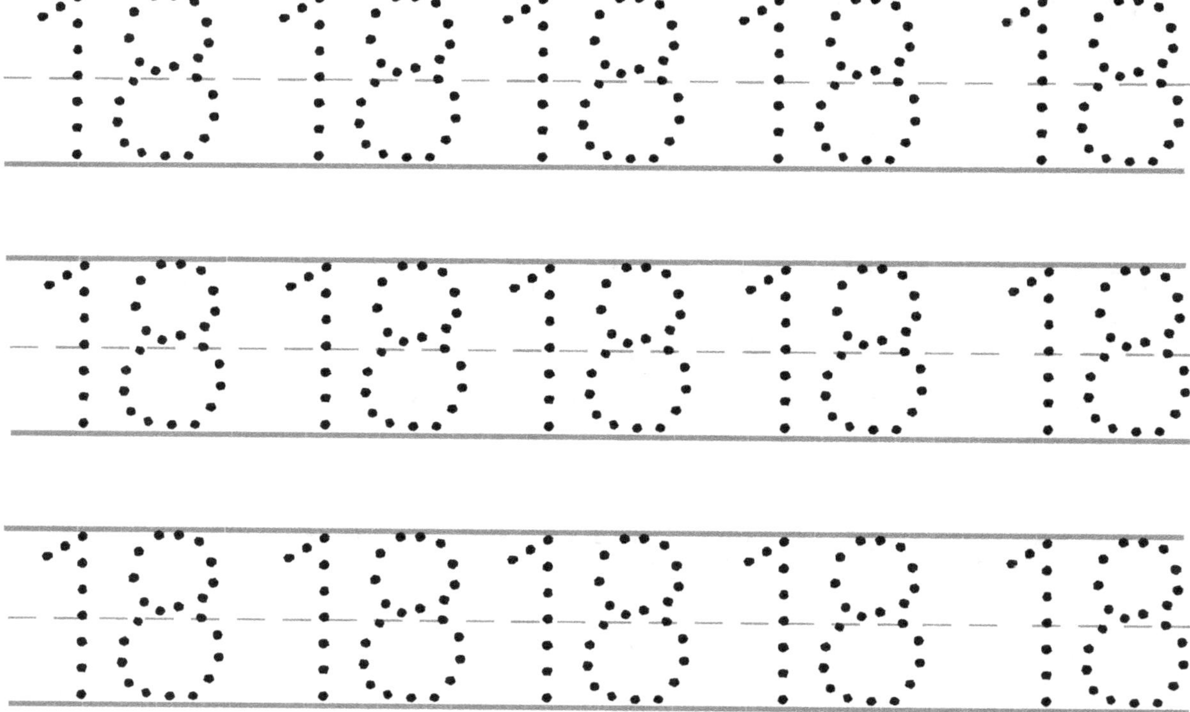

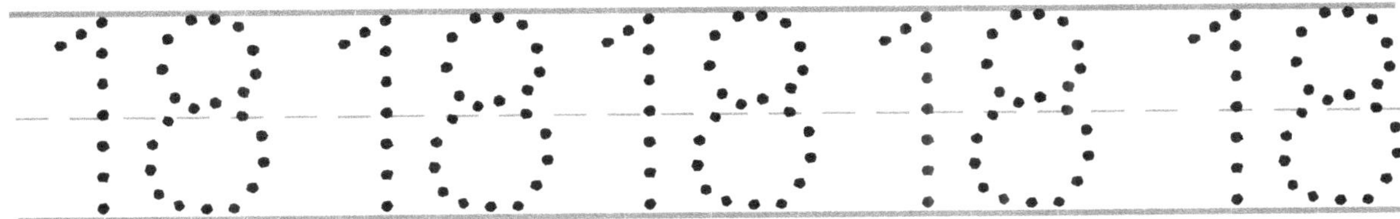

18 18 18 18 18

18 18 18 18 18

18 18 18 18 18

18 18 18 18 18

18 18 18 18 18

18 18 18 18 18

18 18 18 18 18

18 18 18 18 18

18 18 18 18 18

18 18 18 18 18

18 18 18 18 18

18 18 18 18 18

19

NINETEEN

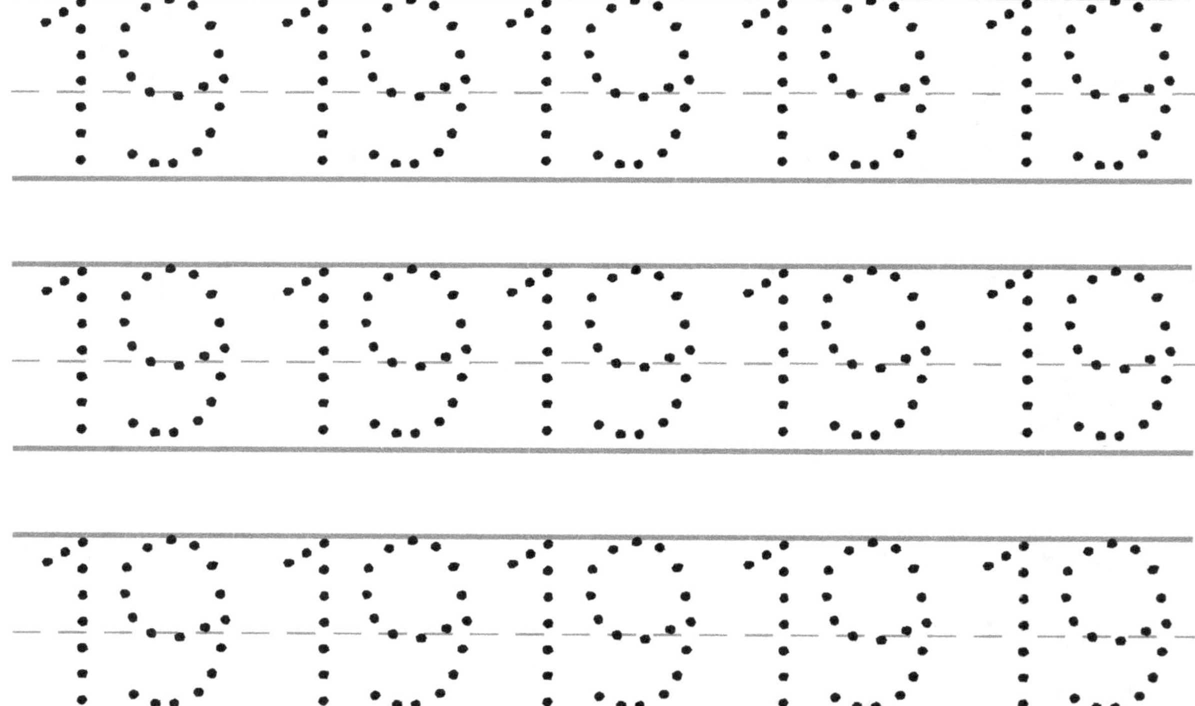

19 19 19 19 19 19

19 19 19 19 19 19

19 19 19 19 19 19

19 19 19 19 19 19

19 19 19 19 19 19

19 19 19 19 19 19

19 19 19 19 19 19

19 19 19 19 19 19

19 19 19 19 19 19

19 19 19 19 19 19

19 19 19 19 19 19

19 19 19 19 19 19

20

TWENTY

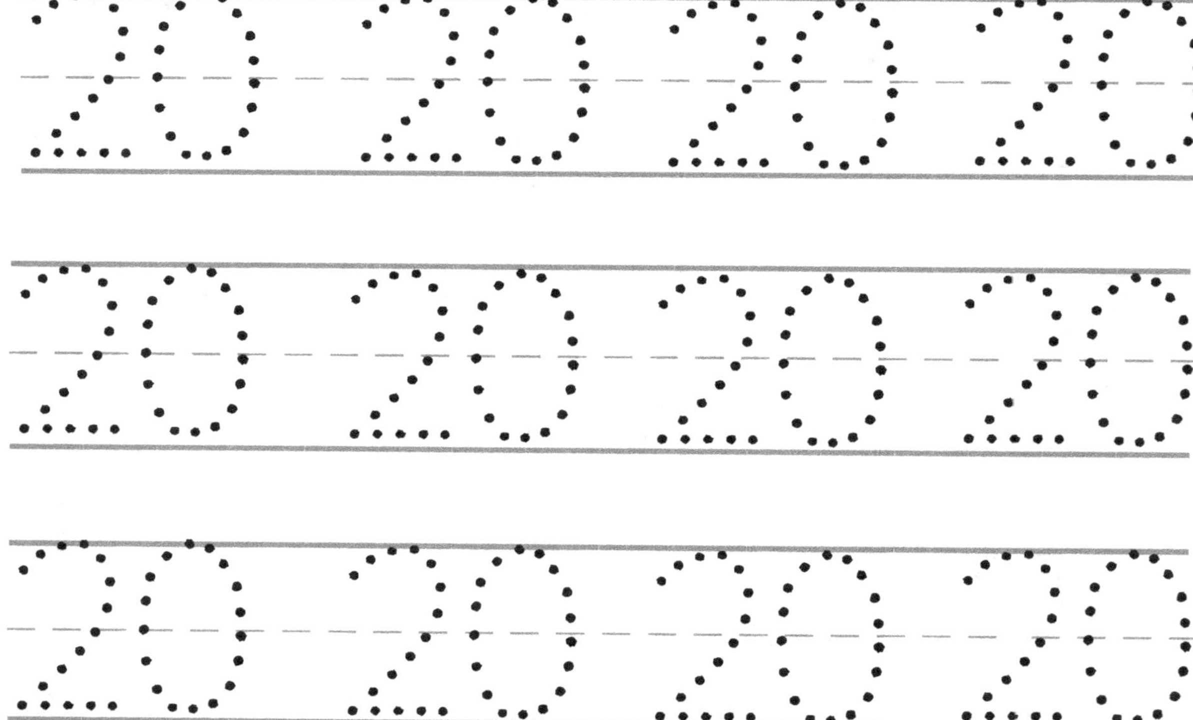

20

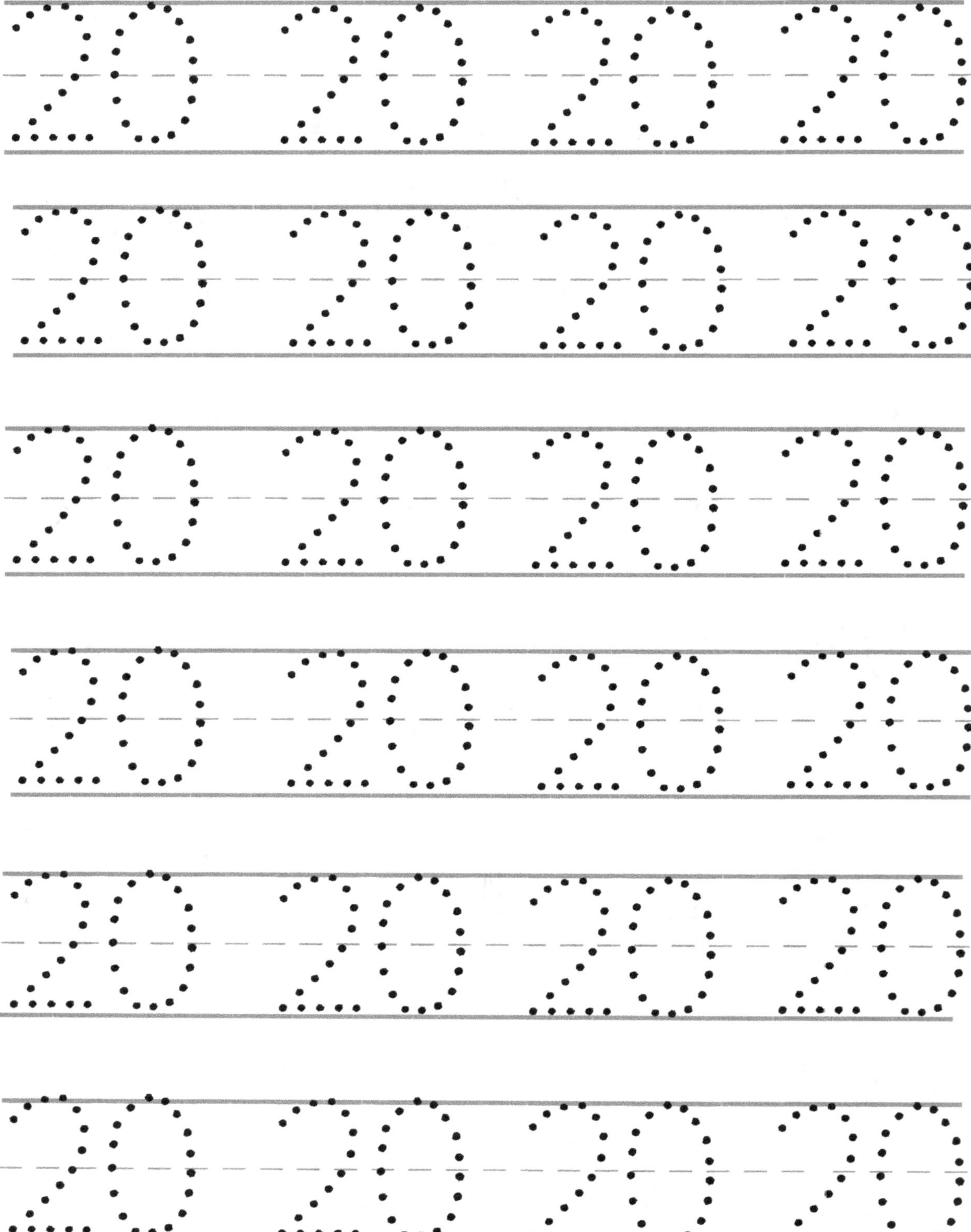

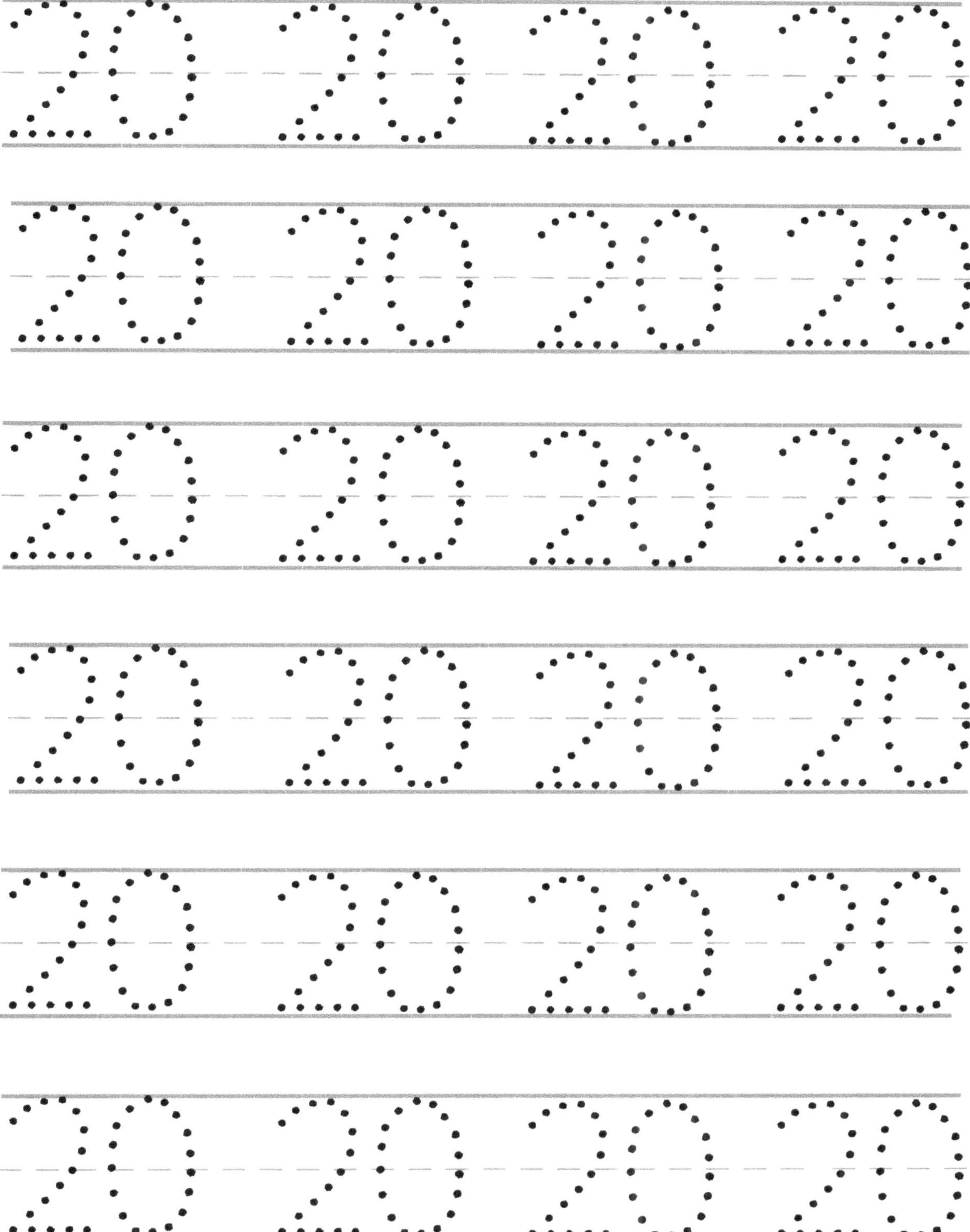

How many Christmas trees do you see?

How many Christmas gifts do you see?

How many socks do you see?

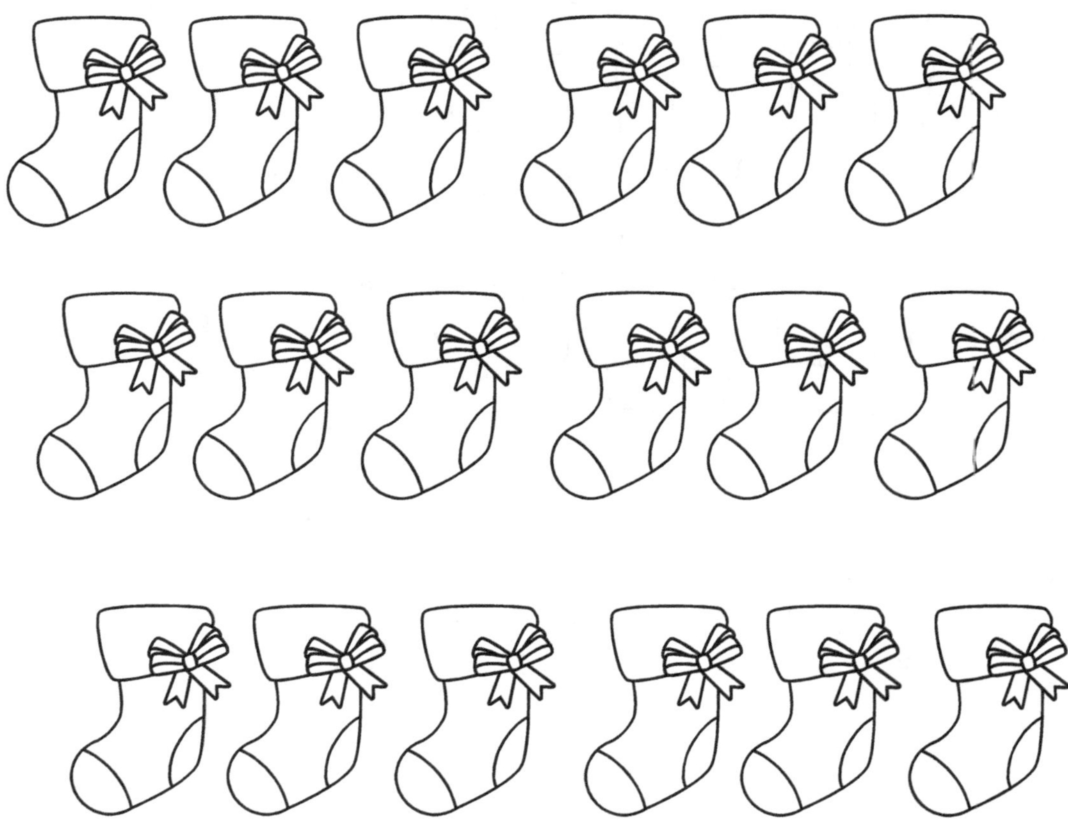

Tracing number 0-5

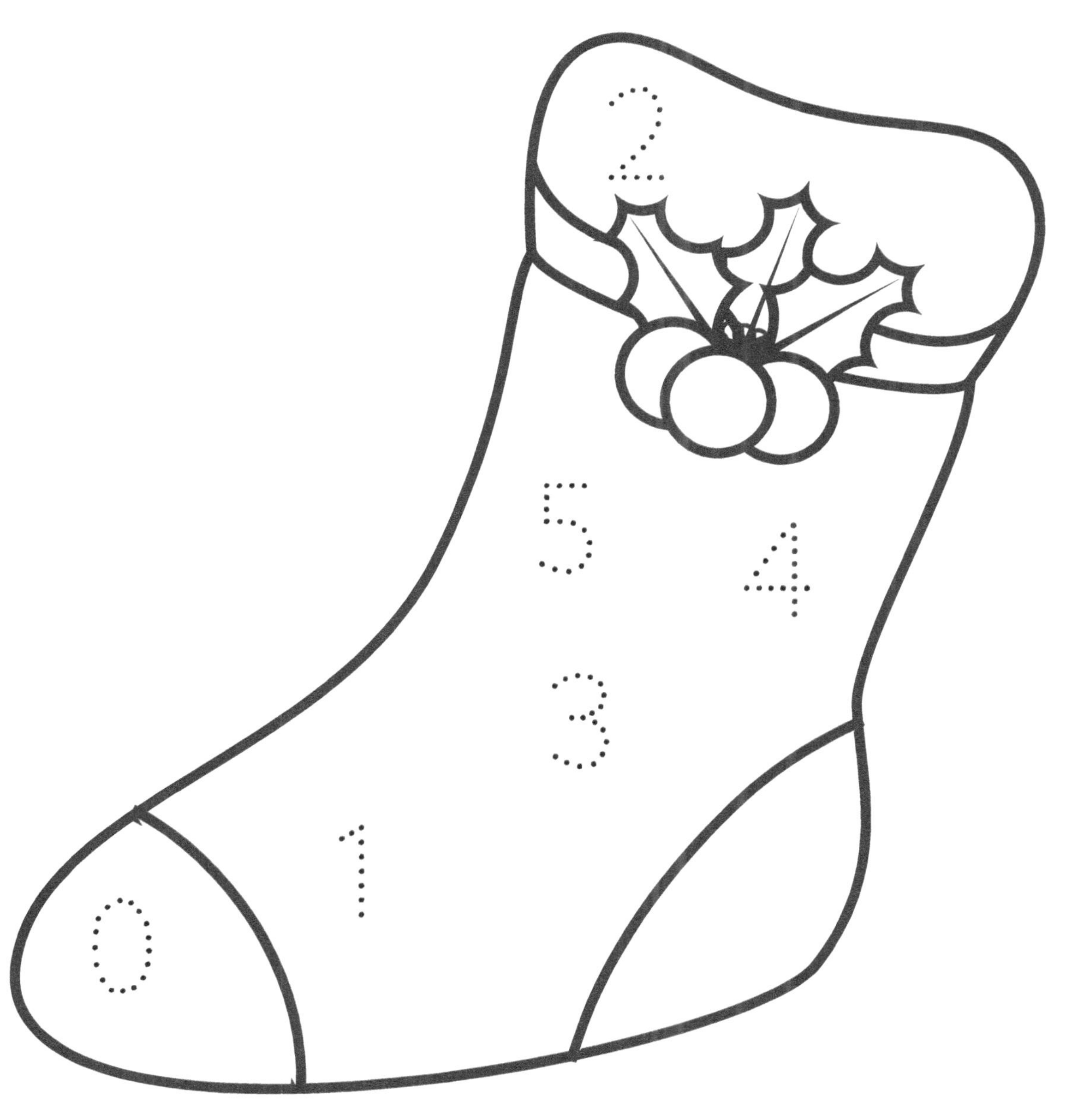

Tracing number 6-10

Tracing number 11-15

Tracing number 16-20

Tracing number 1-20

Tracing number 1-20

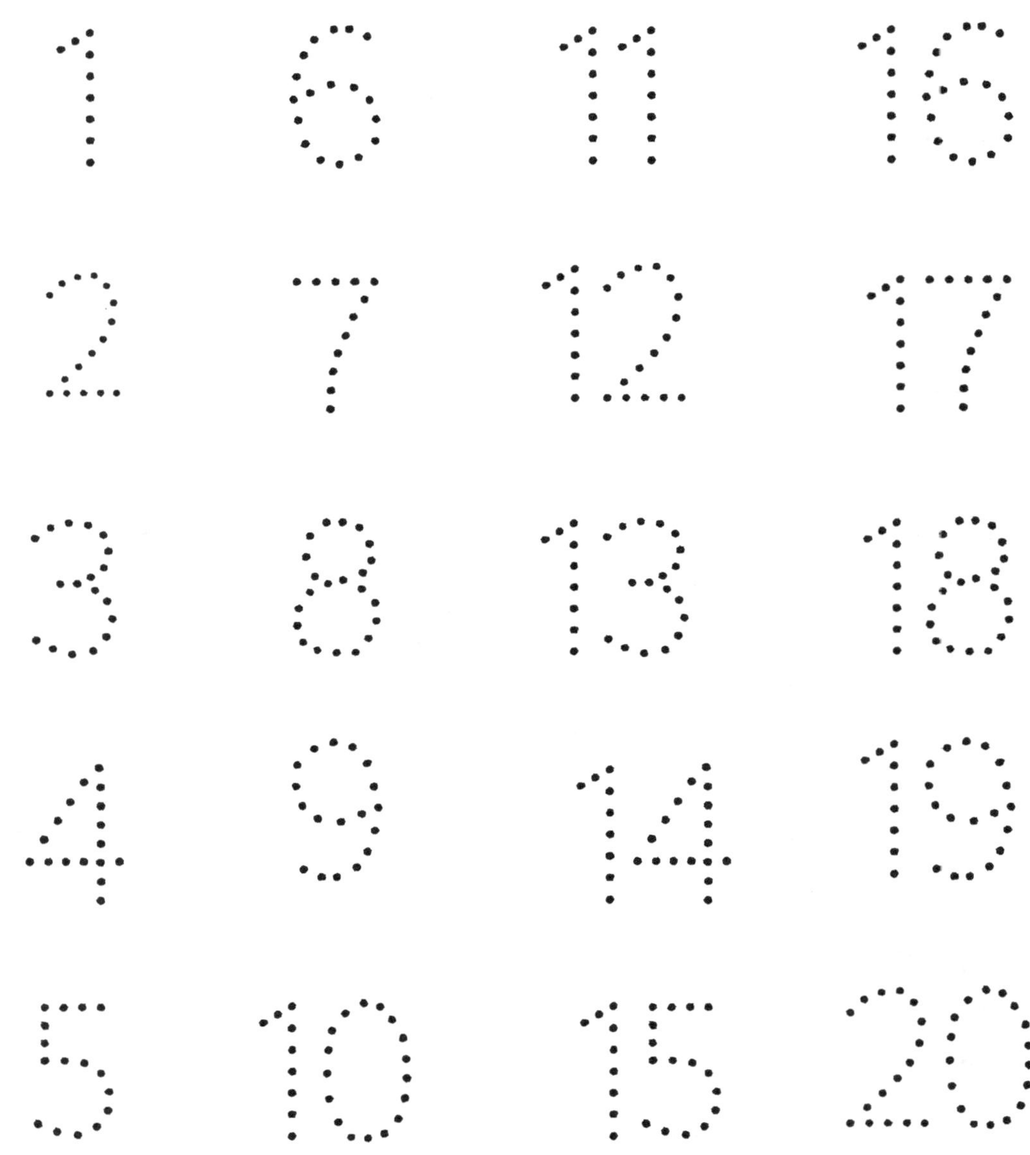

MERRY X'MAS